《漫画职场全攻略》丛书

决战试用期

主 编: 成应翠　白许晨

参 编:（排名不分先后）

何长领　白许晨　武少辉　葛良平
贾虎君　李文平　朱文杰　吴言冬
夏　楠　胡　兰　杨　凯　袁宁娟

哈尔滨工业大学出版社
HITP HARBIN INSTITUTE OF TECHNOLOGY PRESS

图书在版编目(CIP)数据

决战试用期/成应翠,白许晨主编.—哈尔滨:哈尔滨
工业大学出版社,2008.1
(漫画职场全攻略丛书)
ISBN 978-7-5603-2633-7

Ⅰ.决… Ⅱ.①成… ②白… Ⅲ.大学生-就业-通俗读
物 Ⅳ.G647.38-49

中国版本图书馆 CIP 数据核字(2007)第 197408 号

责任编辑 孙 杰
封面设计 成 翔
版式设计 王巧梅
漫画绘制 吴言冬
出版发行 哈尔滨工业大学出版社
社 址 哈尔滨市南岗区复华四道街 10 号 邮编 150006
传 真 0451-86414749
网 址 http://hitpress.hit.edu.cn
印 刷 黑龙江省教育厅印刷厂
开 本 787mm×960mm 1/16 印张 14 字数 233 千字
版 次 2008 年 3 月第 1 版 2008 年 3 月第 1 次印刷
书 号 ISBN 978-7-5603-2633-7
印 数 1~6 000 册
定 价 26.00 元

序

21世纪是知识经济时代,市场竞争的核心是以知识为筹码的人才竞争。如何在激烈的人才竞争中脱颖而出成为各大公司青睐的宠儿呢?大学毕业生们除了要有过硬的专业知识外,还要有较强的交际能力、优秀的表达能力及崭新的职业思维模式等,要练就这些能力,绝非朝夕之功。

成功的职业生涯是漫长而艰辛的奋斗之旅,顺利跨越就业的门槛是这场旅行的必经起点。九层之台,起于垒土;千丈之木,生于毫末。刚刚走出象牙塔的大学生,其知识结构和能力结构相对单一,职业认知和商业技巧仍然受学生思维的局限;同样地,在职人员也容易受自己所从事职业限制,对于某些职场的"金科玉律"总是不得其中要领,所以摸爬滚打了很多年却仍是原地踏步。鉴于此,我们投入了大量的时间和人力,采访了数十位知名企业的人力资源专家,精心研究经典的人力资源案例,编写了这套《漫画职场全攻略》丛书,具体包括《成功面试新兵法》、《决战试用期》、《高薪必杀技》及《自立门户——近看大学生创业》4册,汇集了从刚刚步入社会的大学生到在职人员职业生涯中可能遇到的各类问题。

全新实用的职业思维,精当独到的讲解分析,全面科学的内容点击,再加上幽默漫画里所蕴涵的职业技巧,简洁明了地诠释了职场的游戏规则。本套丛书十分适合大学生、在职人员及渴望在工作中崭露头角的人士阅读。

《成功面试新兵法》——茫茫职场,何处才是归宿?面对错综复杂的招聘信息,该如何辨别真伪?为什么投了那么多简历却如石沉大海?如何实现外企梦?遭遇行为面试怎么办?……本书将借你一双慧眼,教你如何识破虚假招聘信息,如何赢得面试官的垂青和外企的橄榄枝!……打开它吧,一书在手,工作无忧。

《决战试用期》——在浩荡的求职大军中你过五关斩六将,使出浑身解数终于赢得了一份工作。如何保住这来之不易的"饭碗"呢?关键在于如何渡过试用期。你了解必要的上班族礼仪吗?你以怎样的态度对待手头的工作?你愿意和老板一条心吗?你够自信、够真诚吗?……要想顺利渡过这"非常时期",秘诀就在本书中。

《高薪必杀技》——经历了一些周折,终于在一个企业或单位站稳了脚跟,下一步就要考虑晋升和加薪了。但是凭什么呢?你是老板的心腹吗?你会处理上下级关系吗?你懂得晋升的策略和谈"薪"的技巧吗?面对更广阔的发展空间和极具诱惑力的薪酬,你要不要跳槽?……如果你正在为这些烦心事头疼不已,本书恰是一副良药。

《自立门户——近看大学生创业》——找工作难,找好工作更难。苦苦寻求不如自立门户,何不自己当老板?可是创业之路也布满了荆棘和陷阱,对此,你做好充足的心理准备了吗?你有起码的创业资金吗?你知道招兵买马的用人之道吗?你懂得如何管理自己的团队吗?你知道理财对一个企业发展的重要性吗?……若想少走弯路,回避"陷阱",激发创业热情,点燃希望之光,请阅此书。

本套丛书具有以下独到之处。

1. 细分职业生涯,专注每个环节。本套丛书内容涵盖求职面试、职场打拼和创业的各个环节,每一环节都经过认真剖析,论述体系严谨,表述恰当。

2. 揭示必备技巧,易于模仿提高。本套丛书介绍了职业生涯所必需的各种技巧,针对性强,读来轻松,易于模仿和操作。

3. 以漫画形式为载体,增强丛书的时尚感与亲和力。本套丛书采用了多格漫画的形式,从历史故事、经典童话、古典文学到流行快语,讲述了妙趣横生的故事,刻画了生动活泼的人物,揭示了职场新理念。

4. 视角独特,内涵丰富。本套丛书以新时代的视角,透视信息时代职场生活的内涵,介绍了职业探索期需要尽快掌握的游戏规则,为驰骋职场提供动力。

本套丛书创作理念独特,表现形式耳目一新,幽默的漫画是书中点睛之笔,让读者在开心之余把握职场脉搏。我们衷心希望本套丛书能助青年俊杰们理清思路,更新观念,避开各种职业陷阱,成就卓越理想。

限于编者的学识和时间,书中疏漏之处在所难免,敬请广大读者不吝赐教。

编者

2008 年元月于北京

目录

CONTENTS

悟空初入职场 回忆录

WU KONG CHU RU ZHI CHANG HUI YI LU

——与老板一条心

　　刚刚走出象牙塔的大学生们应该还记得，我们在校园里曾经无数次诅咒过那些面容阴沉、举止刻板、布置作业繁多的授课老师。当我们还是天之骄子时，就渴望冲破牢笼，拥抱新的生活，好像一旦踏入社会，就与压迫和训斥永远诀别了。然而直到上了班，有了工作以后我们才发现，公司的老板也不是给予和煦春风的天使，反而会更加严格地要求我们。如何尽快适应老板的政策，顺利融入工作当中呢？或许下面的这个故事能给我们很多启示。

西天外贸公司

悟空和老板两个人。

公司刚成立时，只有

悟空啊！那两
千袋花泥搬完
了吗？

有没有搞错，头儿，
一袋200公斤，
两千袋你叫我两
天搬完!？

200kg/袋

你连个户口也没有,说不定还是偷渡犯,这次一定要扣你年终奖金。

我不干了!

又乱扔东西,万一砸到客户怎么办?即使没砸到,伤到了花花草草的也影响生态环境啊。

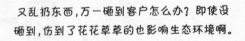

总之,你这么没素养,再换一百个工作也白搭。

那我怎么办?

首先呢,应该清楚,老板只要他想要的结果,而怎样实现是你自己的事。

冷酷!

一定要适应老板,成为他的心腹才可以。

给点提示嘛。

哎呀

#@#&@#@#&@…#@#&@ ......

听取了师父的建议,悟空又回到了公司。

你们公司的花泥把我名贵的天竺兰花种死了，我来讨个说法！

这事责任在我，给泥土加肥是我的事，那盒泥估计我配的肥太多了。

你们听到了，这都不关我的事。

搂那个猴子。

哎哟

多亏了你啊！悟空，以后每袋提成加5%。

#@&……

正确处理好与老板关系，悟空终于走出了第一步，照相留念……

礼佛节纪念品交易会终于开始了……

悟空，货备齐了吗？

全OK了！

我们这次最大的客户是牛魔王，他新修了别墅，种了许多植物。

跟咱们谈判的是牛府的管家"白骨精"。

"白领骨干精英"，这个我知道，很难搞掂的。

我生性沉默，这个不能让我去吧？

那……那只有我去了！

大姐，我们这可是高级会所，找免费厕所请到别处。

晕！我是白骨精。

快请进！尊贵的女士！

谈判开始了……

这批货一定要给我们全国最低价，另外……

什么？

你怎么谢我呀？嘿嘿……#&@#

杀人啦！

不答应就免谈！

白骨精办公室

知道姐姐你最爱吃臭豆腐，是我特地从北京买回来孝你的。

谈判陷入了僵局，但是悟空绝不放弃。

那合同的事呢？

我再考虑考虑。

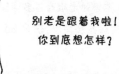

别老是跟着我啦！你到底想怎样？

一千……一万块臭豆腐，怎么样？

我答应你！

悟空做成了这么大笔生意,成为了唐僧的心腹……

辛苦了,悟空,我决定提升你为副总经理,再给你招个助理,以后你就不用干苦力活了。

太谢谢了,老板!我一定尽心尽力做好本职工作。

※ 后记 ※
HOU JI

从此,悟空过上了稳定而惬意的职业生活,回想以往的沧桑,他总结说:"老板是衣食父母,忘我地工作,爱岗敬业是永不过时的表现方法。另外要牢记,不要对老板有过多期望,他永远不会是真正的父母,他也只是一个普通的人,有着常人都有的弱点和需求,满足 Boss 的小小虚荣,包涵他的小小缺点,是成功的绝对秘笈。"

与老板一条心

一、与老板完美相处的关键

对于刚刚进入职场的毕业生来说，首先应该学会如何和老板打交道，与老板关系的好坏，直接决定着你在这个公司的地位、薪水，甚至去留。你和老板的关系如何将会直接影响你的今天、明天。因此，认识和了解你的上司是至关重要的。

在工作中，能够很好地与老板相处是每个人的愿望，但是究竟有几个人能够真正做到这一点呢？很多人没有做到的原因并不是老板不好相处，而是他们自己没有勇气或者不会把握时机。其实看起来很难的事情往往只要你努力了，就有可能得到自己想要的结果，甚至还远不止如此。那么怎样才能做到与老板的完美相处呢？以下几个关键点一定要牢记。

关键点一：做一个优秀的聆听者

人们都希望自己在阐述某种观点的时候，听众可以专心致志聆听自己，他们认为这是对他们的尊重和理解，老板也是人，在工作、生活中他们也希望自己的职员能够认真聆听自己的观点或者意见。因此当你的老板和你说话的时候，不管是训斥还是夸奖，你都要排除一切使你不能全神贯注的意念，注意聆听，这样他就会认为你很尊重他，他的观点你是很看重的，对你的印象自然而然也会好起来。千万不要死呆呆地埋着头，

给老板干活，拿着老板的薪水，作为职员不仅要把老板当作上帝一样尽心"伺候"，还应当学会"哄"的技巧。身处职场之中，有个职位、有份工作、有些工资就说明你是成功的，但是这些都是老板给你的，你有什么理由说服老板，让他把这些给你而不是给其他人呢？只有把老板"哄"得开开心心，"逗"得舒舒服服，那么老板的关照与重视就会不请自来，更有可能让你平步青云——升职加薪。就像悟空一样，从空壳公司的无名小卒到公司的副总经理，转变就在一念之间！

一副世界末日即将来临的样子,这样他会觉得你对他的想法有意见,而且会认为你不尊重他。当然,也不要死死地盯着他看,这会使他觉得有些不自在,可能会觉得你这个人有些傻里傻气,从而对你产生不太好的印象。必要时做一些记录,避免以后被问到这些事情一无所知,到那时会更加尴尬。总之一句话,你只要仪态大方自然,聚精会神聆听、细心记录,让他觉得很舒服就可以了。

老板讲完话以后,你可以思考片刻,也可以问一两个问题,彻底弄懂他的真正意图。如果你能概括一下他的讲话内容,表示你已明白了他的意见,他会认为你不仅在细心聆听而且很好地理解了他的想法,自然他就会对你充满好感。切记,上司不喜欢那种思维迟钝、需要反复叮嘱的人。如果自己的员工半天都不明白老板到底在说什么,老板能不生气吗?老板可没有那么多的时间和你磨嘴皮子!

听清、听好、听到,做一个优秀的聆听者,不仅老板喜欢你,你自己也会喜欢上那种感觉。

关键点二:说话简洁,汇报明了

一般来讲,作为一个公司的总负责人,老板总是有很多的事情需要去处理,他希望了解事件的整体情况,而不是每一个细节。职场新人往往因为刚刚开始工作把握不好工作重点,有时甚至会误以为自己汇报得详细一些会给老板一个努力工作的印象。其实,这只能让人觉得你办事不力,为人婆婆妈妈,老板也会因为你的啰唆而对你没有好印象。所以,简洁是每一个员工在向老板汇报工作时最好的选择。简洁,就是有所侧重、直截了当、清晰明了,不拖泥带水、啰啰唆唆。这既可以节约自己的时间和精力,而且也会给人一种精明干练的印象,老板也会对你格外看好。

另外,向领导汇报工作时,要时刻准备好记录他们的观点和意见,不仅有利于工作的改善,还会给人一个细心谦虚的印象,这是作为下级必备的素质。如果某项工作你必须提交一份详细报告给老板,否则起不到预期的效果,那就不妨在报告前面列一个内容提要,既醒目又周全,老板喜欢处处为他着想的员工。

关键点三:观点有分歧,学会迂回战

刚刚开始工作的年轻人总是充满了激情和活力,接受一项工作总是想方设法尽量快、尽量好地完成。当你辛辛苦苦把做了好几天,甚至熬了几个通宵的方案兴高采烈地拿去给老板过目的时候,没想到老板漫不经心地翻了一下之后,告诉你这里不合适,那里你又没有考虑周全,方案的可行性非常小,跟被毙了没有什么区别。此时你会感到郁闷、伤心,深受打击。明知道老板在很多地方并没有经过缜密的思

考就下了结论,也知道他说的那些与你的方案关系不大,简直就是小题大做,这时候你该怎么办,是直接冲上前去与他争辩,还是悄悄将方案拿回另图他法,或是郁郁寡欢从此消沉呢?

老板与我们的观点有分歧很正常,毕竟所处的地位、思考问题的方法不同,千万不要直接否定老板提出的建议。他可能从某种角度看问题,看到某些可取之处,也可能没征求你的意见。如果你认为不合适,最好用提问的方式表示你的异议,以一种虚心求教的姿态,引导老板更仔细地审阅你的方案,在不知不觉中引导老板往你的思路上走,或许他会认为你的观点是正确的。如果你的观点是基于某些他不知道的数据或情况得出来的,效果将会更好,会给老板一个务实的印象。观点有分歧并不可怕,善于打迂回战才能让老板看到你的价值。

关键点四:维护老板的美好形象是你义不容辞的神圣使命!

有经验的员工都知道应让老板及时了解自己的工作进展,经常找机会与老板交流沟通,让老板在第一时间掌握到公司的上上下下、方方面面的信息动态。不过,这一切你务必在开会之前向他汇报,让他在会上谈出来,而不是由你在开会时大声炫耀,抢了老板的风头。

作为新人,如果在工作中遇到了困难或者挫折,而且这些困难可能与公司的某项不当决策有关,这时千万不要在公开场合当众指出,并且把错误归结到老板身上。最好的解决方法是单独找老板沟通,把自己的想法告诉他。不要使用“困难”、“危机”、“挫折”等词语,而要将困难的境况称为“挑战”,并向老板提出自己的看法和计划,表达自己希望可以通过努力应对挑战的愿望。这样的话,老板就会非常赞赏你独到的眼光。因为你保全了他的声誉和面子,他会把更多重要的工作交给你去做。

关键点五:恪守诺言,做有信之人

“人无信不立”,一个人如果丧失了诚信就很难在这个社会立足。作为初入职场的新人可能急于通过某项具体的工作展示你的能力,而且在刚开始的时候总是信誓旦旦,然而有时候事情的发展并不像所预期的那样。如果你承诺的一项工作没有兑现,老板就会怀疑你是否有能力胜任现在的职位,甚至会怀疑在以后的工作中你是否还能够守信。如果你对承诺的工作确实难以胜任,应该尽快向他说明你的真实情况,避免当事情无法收拾时的尴尬。虽然老板会有暂时的不愉快,但是这要比到最后完全失望时的怒不可遏好得多。

因此，作为新人，你不妨在许诺的时候好好掂量掂量，自己是否有能力做到，量力而行才是上策。千万不要因为急功近利成为无信之人。

关键点六：亲近程度要明确

他是老板，你是员工，世界就是这么简单，两个不同的称谓就是两个不同的世界。私下里你们的关系再好，但工作中老板就是老板，你和他关系再好也不能在工作的时候平起平坐、称兄道弟，心中一定要有上下级的观念，在行为上也要"先后有序"，这不仅是维护老板声誉的需要，也是保证你的地位、利益的需要。与老板保持良好关系很重要，但不要使关系过度亲密，一旦你卷入他的私人生活之中，那么根据多年的经验，相信总有一天你会深受其害，或许在不知哪天突然降临的裁员风暴中，你就会被请走了。

因此，做任何事情都要适度！

二、学着适应你的老板

在工作之前你就应该明白，每个老板都有不同的工作风格，有的老板主张任何事情都顺其自然，显得大智若愚。在这种风格的老板手下工作，精神放松、思想自由，可以有非常广阔的空间充分发挥自己的主观能动性，有着较为自由的尝试空间和回旋余地，但也会由于缺乏必要的约束机制而容易违反原则。有的老板喜欢追求完美，追求绝对的正确、绝对的优秀，凡事不能有丝毫的差错，凡事都要胜人一筹、高人一等，结果却是搞得自己与周围的人都心力交瘁。跟这种风格的老板做事，"如履薄冰，战战兢兢"，整日忙得天昏地暗，结果还是"受气的媳妇"，一无是处……遇到这样的老板，很多不是你能决定的事情，但是如何学着去适应老板却是完全可以掌控的。

有的老板对自己的员工十分严厉苛刻，什么事情都吹毛求疵、鸡蛋里挑骨头，似乎看什么都不顺眼，对一切都不满意。今天的卫生打扫得不彻底；暖壶的水还没有换；电话记录不完整；给各科室的文件没有及时发出去；汇报材料写得不规范、不详细；甚至员工的衣服款式与即将召开的庆祝会不协调等等都要受到指责，使员工整天生活在一连串的埋怨之中。

如果你遇到这样的事情会怎么办？那么不如像一句俗语中所说的那样"如果不能改变环境，那么就尝试着去改变自己"，努力去适应老板，毕竟饭碗是他给的。如何适应呢？每一个老板都有自己的做事风格，根据不同的条件应该采用不同的方法，但是归结起来有以下几点。

首先，调整好自己的心态。不要因为你的主观意识太强烈把他想得太坏了，如果你把他想得很坏，就会不自觉地产生逆反心理并且会和他作对，这样只会把关系搞僵，对自己没有什么好处。

其次，学会换位思考。从他的行动、语言分析老板的出发点，如果动机是好的，那么你就会因为理解而变得心平气和一些，忍耐一下也不是什么坏事。

第三，观察他的个性。在把别人搅得不安宁时自己也活得很累，你会因为怜悯他而抵消一些情绪，以平常心和平静的表情面对他的浮躁，以友善关爱的态度主动帮助他做事，他会因受感染和受感动而逐渐放松、安静下来。

第四，尽量把工作做得圆满周到、无懈可击，并适时虚心请教，他会因自尊得到满足或许会缓和自己的态度。另外，展示你所具有而他所欠缺的才华，使他从心底里不得不佩服与尊重你，从此会少找你的麻烦。

或许，在这样的老板手下工作，更能锻炼人。不管怎样，你都要以一个积极的心态去面对你的老板，任何时候都不要消极对待，要么你就不要做，要做就做得最好。

 三、学会领悟老板的意图

领悟老板的意图，最能考验你的社交水平。我们经常听到有的老板夸赞说某某"悟性好"，也经常听到老板抱怨某某"死脑筋"、"不会办事"。只有善于领悟老板心思、意图的人才能真正得到老板的赏识，在竞争激烈的公司内部取得一席之地。下面我们来一起探讨一下该如何领悟老板的意图。

要学会领会老板的真正意图，读懂其心理，需要长期练习。但是最基础的条件其实很简单，就是学着围绕老板关心的事进行思考，才会具有把握老板意图的能力，才可以在工作上有超过别人的可能性。

领悟老板意图固然重要，勤勉地工作也不能忘却。要靠自己的实力，需要勤勤恳恳地去工作，做出了成绩自然会令大家刮目相看。

四、如果老板说错了话

"金无足赤,人无完人。"老板也是人,也有犯错误的时候,当老板说错话的时候,你该怎么办?不同的人,不同的背景下,不同的事情上,应该有不同的处理方法。那么如何应对这样的场合才是最恰当的呢?这还要看老板的脾气秉性、说错话的场合、说的错话可能造成的影响等诸方面的因素来决定。

纠正老板的错误前要知道在公司里你的地位是什么,你和老板的关系是怎么样的等。不管是在什么场合,只要这些错话并不涉及你的利益以及你所负责的工作,完全可以装作没听见或没听明白。这样既可以避免一些不必要的是非,也可以避免挑明后让他处于尴尬境地。何乐而不为呢?

当然,你也可以采取听见了,但是感到很困惑,没明白老板是什么意思,并要求老板做更清楚地说明与解释的方式。这其实是在提醒老板,他还有一次正确表达自己观点的机会。如果你的老板够精明,他定会利用这个机会不动声色地对自己说的话给予纠正。这样他不仅会感谢你没听明白,而且会觉得你是一个很会做事的人,这对你以后的发展会有很大帮助。给老板一个台阶下,也就是给自己创造了向上迈一个台阶的机会。

五、消除老板对你的误解

在与老板相处的过程中,难免会出现一些误解,而在老板的心里留下不愉快的阴影,或许你都没有觉察到,但是误解总会严重地影响你的心情、你的工作,所以在这样的时候,要用积极的办法去及时化解老板心中的"疙瘩"。

做人难,做别人的部下更难,做几个人的部下更是难上加难。作为公司最底层的新人,每个人几乎都是自己的上司,一不小心就可能会得罪某位"领导",而自己却浑然不知,等到别人给你脸色看时可能问题已经很严重了。

黄明(化名)在五年前还是基层车间的一名钳工。后来厂宣传科的江科长觉得黄明文笔不错,顶着压力将黄明调进了宣传科当了宣传干事。两年后,黄明被抽到厂办当了秘书,成了厂办孙主任的部下。然而不久,黄明忽然感到江科长对他越来越冷漠,明显是故意在疏远他。他经过多方打听才知道,孙主任和江科长之间有私人恩怨,因此,江科长怀疑黄明倒向了孙主任那边,对他非常失望,冷漠也就在情理

之中了。

有一天下雨,黄明为孙主任打着伞出厂,却没有看见江科长就在不远处淋着雨,误解就此产生了。生气之下,江科长在很多场合都说自己看错了人,说黄明是个忘恩负义的人,谁是他的上级,他就跟谁关系好。后来这些话传到黄明耳朵里,他才感到事情的严重性。

对此,黄明没有消极地任事态发展,而是使出浑身解数积极地去应对这场危机。

1. 时间公证,问心无愧

正所谓"路遥知马力,日久见人心",江科长在气头上说自己是忘恩负义的人,一定是自己在某一方面做得不好,此时向江科长解释自己不是那样的人,江科长肯定听不进去。自己究竟是什么样的人,相信时间可以证明一切,辩解可能还会火上浇油,弄不好可能还会得罪孙主任。

2. 解铃还需系铃人

但是黄明知道江科长误解了自己,自己既是"系铃人"也是"解铃人",于是黄明就采取了一些实际行动去证明自己,取得江科长对自己的理解。

(1) 弱化掩盖矛盾

当有人说起江科长和自己关系不好时,黄明总是极力强调没有这回事,并通过一些实际行动弱化大家对这件事的看法,不让更多的人知道江科长和自己有矛盾。

黄明此举的目的是为了制止事态的扩大,更有利于缓和矛盾。

(2) 时时尊重领导

江科长和黄明在公司里常常碰面,每次黄明都是主动和江科长打招呼,不论江科长态度如何,黄明总是面带微笑。一有机会黄明就公开说自己是江科长一手培养起来的,十分感激江科长。

黄明此举的目的是表白自己时刻没有忘记江科长的恩情。

(3) 人前多夸领导

黄明深知当面说别人好不如背地褒扬别人效果好。于是,黄明常常在背地里对别人说起江科长对自己的知遇之恩,自己又是如何地感激江科长。当然,这些都是黄明的心里话。若有人背地里说江科长的坏话,黄明知道后会尽力地替江科长辩护。

黄明此举的目的是想通过别人的嘴替自己表白真心。这样的方法是很有效的,背地里多说别人的好对自己解决与领导之间的怨恨是有很大帮助的。

(4) 关键时刻,主动"救驾"

在平时的工作中,黄明如果知道江科长遇到了什么紧急情况,总是立即放下自己手头的工作立刻挺身而出及时前去"救驾"。比如有一次节日贴标语,刚好放假了,因为大家都着急回家,江科长一时找不着人,黄明知道后,立刻跑过去主动承担了贴标语的任务,为江科长解了燃眉之急。类似事情,黄明一直是积极地去做。

黄明这样做的目的是想重新赢得江科长的好感,让江科长认为黄明没有忘记他,仍是他最忠诚的部下,这有利于江科长消除误解。

(5) 寻找机会,解释前嫌

江科长的态度变好了,对黄明的好感也回来了,一次黄明利用和江科长一同出差到外地开会的机会,与江科长很好地进行了交流。江科长最终被黄明的诚心打动,表示不计前嫌,同黄明的关系和好如初,事情得到了完美的解决。

黄明此举的目的是利用单独相处的机会解释被误解的原因,同时让江科长在特定场合里更乐意接受他的解释。这样一来,一切问题就迎刃而解了。

(6) 加强交际,加深感情

在江科长对黄明的误解烟消云散之后,黄明就放心了,不过他并没有就此掉以轻心,而是趁热打铁。他经常找理由与江科长进行感情交流,或向江科长讨教写作经验,或到江科长家和他下棋打牌。久而久之,江科长更加喜欢这个昔日部下了。同时,黄明对其他曾经给予过自己帮助的领导,也都一一搞好关系,这样黄明的口碑就树立了起来,在公司的威信也就树立了起来。

黄明此举的目的是通过经常性的感情交流增进与老领导之间的友谊。

终于这场令人尴尬的危机在黄明的用心努力下化为乌有,而且为自己赢得了一个很好的结局。这就是积极态度所创造的财富。要消除别人的误解不仅仅需要从心里去重视,更重要的是积极地去作为,用实际的行动感动对方。

六、善于欣赏老板

老板之所以能够成为老板,一定有许多你所不具备的特质,正是这些特质决定了他的成功,这些特质使他超过了你,地位的差距不是凭空出现的,而是日积月累形成的。学会欣赏自己的老板,学会用发现美的眼睛发现老板身上的优点,努力学习别人的优点,才可以让自己更优秀。

老板也是人，也是一个普通的人，也有被欣赏、被承认的情感需要。但是，很多时候，我们很难认真地去欣赏赞美老板，他对我们的批评或否定都会影响我们对他做出客观的评价。但是如果我们能发现他的美，赞赏他的美，用美好的心情去对待他，也许有一天，我们也会具备同样的优点。

七、服从并认同老板

有这么一个有趣的故事。一家享誉海内外的跨国公司招聘员工，在几百名应聘者中有 10 名候选人通过了笔试。人事部经理对他们说："董事长叫你们明天下午在公司大门口等候录用的消息。"第二天下午 10 名幸运者都早早来到了指定地点，然而很长时间过去了，都没看到董事长的身影，加之烈日炎炎，其中 5 人忍受不了酷暑到对面餐馆避暑去了。这时，人事部经理出来了，对剩下的 5 人说："你们 5 位被公司录用了，董事长在办公室等你们。"进入餐馆的那 5 人被通知暂不录用，原因是他们没有服从老板的命令。

老板很有可能不如下属更有能力，但既然是你的上司，你的一切行动就必须按照他说的去做，服从他的安排，听从他的指挥。凡是尊重服从老板的员工，即使最初老板对他没有好感，也会逐渐改变印象。所以，作为员工，尤其是作为刚刚就职的员工，谨记一点：一切行动听指挥！只有服从你的上司，才有可能让你获得一席之地。

八、把业绩让给老板

中国人喜欢谦让，即便是自己独自取得的成绩我们也总是喜欢说"我的成绩，是老板和员工共同努力的结果"。这虽然是客套话，但是在工作中切记一个道理：把功劳分给老板一些，你会获得更多的机会。

虽然每一个老板都喜欢自己的员工能力很强，但是如果你的风头超过了老板，你的优点也会变成缺点。如果你总是在老板和别人面前卖弄、炫耀你的电脑水平好，你的业务水平高，你的客户资源广泛，对比自己水平差的人又冷嘲热讽，假如老板在这方面完全是个外行，对你的表现就不会在意。但是一个内行的老板看到下属比自己擅长的专业做得更好，多少都会有点不舒服的。因此，自己的优点再多，也不要过多炫耀，适可而止就行了，把荣誉分给老板一些，你的前途会更加光明。

记住千万不要过多地刺激你的老板,毕竟你只是整个棋盘上的一颗棋子而已。

总之,对待你的老板一定要用心,稍不小心就会丢失自己的饭碗啊!不过要保住饭碗的最好办法还是做好自己的本职工作。一个在本职工作上表现很出色的员工,没有哪个老板不喜欢的。尤其是刚刚进入职场的朋友,一定要勤快做事,诚实做人。尽快与你的老板融洽相处,让你的前程充满阳光。

"及时雨"是这样练成的

JI SHI YU SHI ZHE YANG LIAN CHENG DE

——与人交往的艺术

　　曾经，作为社会人际交往的黄金法则——你希望别人怎样对待你，你就怎样对待别人，这句话在世界范围内风靡一时。很多人在这条金科玉律的指引下取得了成功，完全可以用"所向披靡，战无不胜"来形容这种状态。

　　历史进入到 21 世纪，迎来新的机遇和挑战，如今在这个充满竞争和变化无常的社会环境里，这条黄金法则的含金量显得有些成色不足，不再具有那么强大的力量了。于是，黄金法则的升级加强版——白金法则应运而生，白金法则的具体内容是别人希望你怎么对待他们，你就怎么对待他们。与黄金法则相比它更适合当代社会人际交往的特点，一旦掌握它就可以做到为人处世八面玲珑。我们若能巧妙地运用这条法则，定能在人际交往中游刃有余。

　　接下来，我们一起来看看梁山好汉的领袖宋江是如何熟练应用这条法则并赢得众好汉的信任的。

宋江做了梁山泊集团的CEO后，立刻成为大宋名人，为此，汴京电视台的"人物春秋"节目对他做了一次专访。

人物春秋

宋先生，恭喜你竞选CEO成功！

同喜，同喜。

听说这次民主选举，你的得票率高得吓人啊。

承蒙弟兄们抬举，我一向重视人际交往的。

嘿，大家很想知道像你这样，长相普通，能力一般的人，是怎样拉拢人的？一定有绝招吧！

反对人身攻击

其实我只是坚持了交往的白金法则而已。

什么是白金法则呢？能说得详细点儿吗？

别人希望你怎么做,你就怎么做。

好像是服务业的口号啊。

江湖上人们都叫你"及时雨"。你对此怎么看呢？

嘿嘿！我的原则是雪中送炭,绝不锦上添花。

能用亲身经历解释一下吗？这样比较直观。

OK!

宋江开始讲述他灵活应用"白金法则"的故事……

儿啊,咱家缺一短工,你怎么也不去找一个啊?

佣费太高,今天我给您找个免费的。

大街上,宋江见一大汉站在馒头店前……

馒头 特价 10个/文

呵,就他了。

馒头 特价 10个/文

老板,装10个馒头给这位兄弟,我请。

恩人,你叫俺李逵咋感谢你啊?

快吃吧!

与人交往时首先要弄清对象的性格和喜好，像李逵，我敢断定他老妈和馒头对他最重要。

留几个给老妈吧。

真是个孝子！我老妈让我来找个短工，到现在还没找到，唉，真惭愧。

还找什么短工，有什么我去干就行了，我这人就是力气大。

哈，免费劳力，搞定！

宋大哥人真好

李逵从此成了宋家的免费短工，他生性木讷，见人只会说一句话，那就是"宋大哥人真好"。这对宋江良好形象的塑造立了大功。

一分钱难倒英雄汉。在别人最需要帮助的时候帮助他。

有点道理！

演播室

有些东西是人一生下来就需要的，比如认同感、安全感，与人交往时这些一定要满足对方。

谁？

阳谷县武二郎。

呀，老乡！我正琢磨着跟你要签名呢。

过奖了！好像我们不是老乡。

武松为人真直爽。

因为景仰你的大名，做梦也常去你那，简直可以称为老乡了。

······

当晚，两人谈了一夜。

人生得一知己，不亦快哉，想不到宋兄对打虎也深有研究。

呵呵！

幸亏提前看了几本打虎秘诀。

演播室

在交往中，找到双方的共同语言是很有必要的。

是这样的。

在对象获取欲望最强烈的时候满足他，这个很难把握的哦。

5年前，宋江还在黑道上混的时候，与扈家庄的人火拼。

把那个胖家伙给我洗干净了,今晚我王英要用他下酒。

看在都是人的份上,饶命!

王哥,宋哥正在改良风气,不准吃人。

切!那人言而无信,不用听他的,前几天我投降时他还说送我老婆呢。现在呢?

不能怪我,他生成这副德性,普通人家的女子看见魂都吓没了。

扈家庄被打败了……

今天让大家见见这次胜利的最大战利品……

扈三娘！

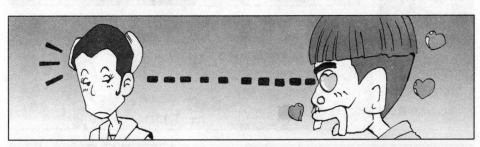

妈呀！人能丑成这样，真服了造物主。

暗送秋波，莫非喜欢上我王英了？

我宣布把扈三娘许配给王英。

宋哥,要我怎么感激你呢?

你这五八怪,想害死我啊。

面对扈三娘的质问……

我决定采用"站在别人的角度"摆平她。

你看,我的这些手下,除了王英个个都英俊潇洒,是少女的梦中情人……

所以说,还是王英最有安全感,就算他想花心,嘿嘿,也没人愿意啊。

你说得也有道理哦!

二人终于幸福地结合了。

从此，王英便对我死心塌地、忠心不二。哈哈！

哈哈

好了，朋友们，今天的节目就到这里，通过做这期节目，我们发现宋江为人十分……那个，因此对于他的经历、经验，要有所辨别地接受……

我还没说再见呢！

后记 HOU JI

通过这个故事，我们知道所谓白金法则，就是："别人希望你怎样对待他们，你就怎样对待他们。"非常简洁明了的一句话，实际运用它却不是那么简单！这里，你首先要准确判断出对方的需求，才可以对症下药，要不然拍马屁会拍到马蹄上，吃亏的可是自己了。另外，一定要在最恰当的时机满足他的要求。而一味地满足容易被人误认为你天生心好，白吃有理。还有，最为重要的一点，放下心理负担，记住一句话："你从来没有巴结过谁，你只是在沟通人际，为自己创造未来。"

与人交往的艺术

人与人之间的交往是一门艺术，与音乐、美术、戏曲等艺术形式一样，人际交往也蕴含着很多深奥的学问。不过这种学问不是显性的，而是隐性的，在我们的人际交往过程中扮演着非常重要的角色。我们每个人都是社会机器上的一个齿轮，而整个社会的运转靠的是齿轮与齿轮之间的互相推动，也就是说我们总避免不了人际交往这个永恒的主题。

一个人的工作能力体现在很多方面，其中个人素质是一方面，这是个人成功必备的硬件。另外一方面是与人交往的能力，这是个人成功必备的软件。想要成功就必须"软硬结合"。

 一、如何与同事处理好关系

如今快节奏的生活使得现在的同事关系有了新的变化，一些不必要的繁文缛节已经消失不见，直接、简单的处世方式越来越被人们所推崇。不过这并不是说在人际交往过程中就可以很随便，什么都可以无所谓，想说什么就说什么。虽然熟悉你的人也许能理解你，但是不了解你的人或许会讨厌你。要想在职场上一帆风顺就必须处理好与同事的关系。

1. 多多寒暄，热情招呼

在生活或工作当中，我们总会碰到一些无聊的人或事，这让你非常反感却又不得不去面对。于是你就会产生厌恶的情绪，从而左右你的行为，造成不必要的损失。那么该如何改善这种状况呢？

其实，人际交往不畅的问题很好解决，无非是一些很基本的动作和语言，比如，早晨上班见面时微笑着说声"早上好"，见面时打个招呼，下班时道声"再见"，还有热情地握手等等。让别人感觉到你是关注他的，你是热情地对待他的，这对培养同事之间亲善友好的关系是很有帮助的。虽然寒暄、打招呼看起来的确是微不足道的小事，但实际上它是体现同事之间相互尊重、礼貌、友好的大问题。只要真诚地与人交流，把握与同事之间的交往方法，相信你的工作一定可以做得很顺利。

2. 吃亏是福,善待他人

现在的公司都在强调员工的团队意识,很多事情需要合作才能做得更好,于是就不可避免地出现了一个问题:利益的分配,每个人都会认为自己做得很多但是得到的却很少。当这种现象出现时,我们不妨适时地转换角度,多为别人考虑。每个人都知道"吃亏是福"这句话,但是为什么不去尝试着"吃亏"呢?你在这里或许受了点苦,但你的同事会记着你的好,在其他方面他们会更加信赖你、支持你!实践证明经常是那些"吃亏"最多的人,人缘最好。如果是你自己主动承担了这些苦差事,他们就会更加佩服你拥有这样的胸怀,以后还是会对你更加照顾的。同时,你还为别人的工作提供了便利,这也是善待别人的一种方法,所以说"吃亏是福"是搞好人际关系的"不二法则"。

3. 诚心诚意,共事合作

中国有句古话叫"人心齐,泰山移",意思就是说只要所有的人一起齐心合作就能够把工作做好。虽然这句话有点老,不过现在用到职场上还是非常贴切的。一起工作的同事就是一个团队,一起共事就要互相支持,互相帮助,要讲诚信,互相信任。如果脑子里只有个人的小算盘,没有大局利益,该帮助别人时,却偏偏袖手旁观,甚至耍手段,时间一长,必然会失去大家的信任,从而很难在工作中有所成就。

4. 说大话,吹牛,你悠着点!

每个人都是独一无二的,在工作中可能因为你能力强、会办事,工作会做得非常出色,得到上司的赏识。这有目共睹,也是你值得骄傲的事情,但是你没有必要在同事的面前刻意炫耀自己的成功。同事之间能力大小总会有差异,如同 10 个手指有长有短一样。如果你才华出众,也不要自高自大,盛气凌人,反而应该更加谦虚。谦虚不仅可以获得别人的尊重,还能激发周围人的上进心,为所在的部门创造更多的利益。

5. 误解可以正解,隔阂可以消除

与同事在一起做事,就难免会因为性格不合等各种原因发生矛盾。人与人之间的摩擦很正常,有些矛盾是自觉造成的,也有些摩擦和隔阂是不自觉造成的,这是难免的。解决矛盾最关键的是要及时,千万不要让矛盾和摩擦继续发展和恶化。如果有不便说明的地方或解释不清的事情,可以请其他同事在中间调解。如果错在自己,就要及时赔礼道歉,赔偿损失,求得同事谅解。如果是同事的过错,能谅解的尽量采取宽容态度,毕竟"忍一时风平浪静,退一步海阔天空"。实在想不通的,也不要

放在心上。如果对同事中产生的误解和隔阂不及时消除,让其积压成怨,以后矛盾就难以解决了。

6. 搬弄是非,必遭唾弃

"来说是非者,必是是非人"。如果一个人热衷于搬弄是非,有些别人不愿提起的隐私也被他传得沸沸扬扬,所有人都对他唯恐避之不及。有时在老李的面前讲老张的不是,在老张的面前又说老李的闲话;有时喜欢道听途说传播小道消息,搞得同事间纠葛不断,人人不得安宁。

同事之间应该和平相处,尊重别人的隐私。每个人都应该多夸赞别人的长处,少讲或不讲别人坏话,只有这样才可以培养良好的同事关系。

7. 关心同事,乐于助人

在日常生活和工作中每个人都会遇到一些挫折和困难,这时候是自己一个人独自面对还是向同事求助呢?当他人遭遇不幸,是袖手旁观还是伸出援助之手呢?不同的选择必将带来不同的结果。同事之间要相互关心,相互帮助,特别是在遇到危难之时,要伸出援助之手,扶助一把。

二、学会察言观色

在上文的短剧中,"及时雨"宋江之所以会取得众人的爱戴,就在于他善于察言观色,知道对方的想法,所以左右逢源。然而在现实生活中很多人都不喜欢做事八面玲珑、圆滑透顶的人,认为这样的人不实在、不厚道。事实上,这些人身上有很多值得我们学习的地方。正所谓出门看天色,进屋看脸色。在人际交往的过程中如果要让对方理解自己的观点,同意自己的看法,就必须要学会察言观色,必须学会看别人的脸色,根据观察得到的信息组织自己的语言,然后才有可能达到自己想要的结果。所以说,看人脸色说话办事的人没什么不对,反而那些在人际交往中从来不去理会别人的感受,只知道说自己观点的人,才需要好好反省一下。一个愣头青,是无法在竞争激烈的社会上立足的。

刚刚进入职场的年轻人,必须首先学会察言观色,这样才可以洞察先机,知道交往对象内心的想法,从对方的表情中读取对自己有用的信息。一旦觉察对方对自己的意见不甚满意,就可以事先在心里有所准备,迅速想好后路。这样就可以在人际交往过程中应对自如,不至于处处被动。而且在谈话过程中,还可以根据对方的

各种反应，在合适的时间给予他人恰当的鼓励和赞美，让别人感觉到心里很是舒服。当感觉别人不高兴时就要及时收住话头，不要再继续说下去，以免发生更多尴尬的事情。这样的沟通，一切都掌握在你的手中，见风转舵、随机应变，事情就不会搞砸了。希望在社会上一展拳脚，渴望实现自己人生理想的人应该多多察言观色。

那么如何在人际交往的过程中察言观色呢？下面我们从很多方面给一些实用的指导。

1. 看着对方的眼睛

当你与别人进行交流的时候，你一定要看着别人的眼睛，不是虎视眈眈地盯着，而是很自然地看。眼睛是心灵的窗户，人们内心的想法总是会在他的眼睛里有所显示，通过眼神可以了解交流对象是处在一个什么样的状态之下，是高兴还是气愤，是不屑一顾还是兴趣盎然，这样就非常有利于我们谈话的深入。另外，和别人说话的时候，要慢半拍，细心留意看看对方的表情，判断一下自己的这句话会引起什么反应。这也是很有必要的。

2. 观察周围人的面部和肢体反应

人际交往是一个空间层次上的社会活动，可能我们所处的空间里不仅仅只有自己和交流对象两个个体存在，可能还会有其他人在场，那么原本一对一的交流就会有许多被动的接受者。虽然他们并不是这场交流的主体，但是他们的一举一动也会或多或少地影响到交流双方。因此，在充分进行主体交流的同时也要注意周围人的反应，这会有利于我们更好地组织和改善语言内容。

3. 置身事外的观察

在家里看电视的时候，我们会有这种感觉，电视里高明的政治家，总是很擅长处理突发事件，而且大多临危不乱，镇定自若，很难从语言和行为上看出他们的具体感情。但是如果你仔细观察，就会发现有些小细节会露出他们的情绪。比如说，遇到突发性的尖锐问题，他们的脸部表情虽然维持原状，但是手指头，或是双脚会不由自主地做一些小动作，这些小动作就暴露了他们镇定背后的不安或者激动。如果你注意到了这些，就说明你已经拥有了非常细致的观察能力。希望你在不知不觉中学会这些为人处世、察言观色的本领，它们会给你的工作和生活中带来意想不到的效果。

三、注意说话的分寸

　　把握说话的分寸不是每个人都可以掌握的。刚进入单位与同事相处融洽非常重要，说话尤其需要特别注意，毕竟踏入社会就告别了学生时代，多一些思考，多一份稳重，多一点分寸，对自己的工作生活都是有好处的。

　　在处理同事关系的时候，把握说话的分寸是非常必要的。

　　小李是某大公司的中级职员，他的心地是公认的"好"，可是一直升不了职，而和他同时进公司的同事不是外调独当一面，就是成了他的顶头上司。虽然大家都称赞他"好"，但是真正跟他交朋友的却很少。而且他下了班很少有"应酬"，在公司里也常独来独往，好像很不受大家欢迎的样子……这究竟是为什么？

　　原来他唯一的缺点就在于说话太直。不管什么事情都是直言不讳，经常让别人下不了台，有时候还一点面子都不给别人，说话没有分寸，经常在一些小事上得罪人……说话不注意分寸直接或间接地影响了他的人际关系，影响了他的前途。

　　还有一个案例。王伟(化名)是某市市委的一名宣传干事，他文笔非常出色，理论功底扎实，业务水平很高，很受领导青睐，近年来他的作品还经常出现在国内很多有影响的刊物上，在单位里也是小有名气。然而，在一次市委召开的宣传座谈会上，有一位宣传干事很高兴地谈了一下自己对当前宣传形式的看法，他的观点引起了王伟的强烈不满。心直口快的王伟在会上慷慨激昂地进行反驳，用他扎实的理论和丰富的例证，说得那位宣传干事面红耳赤、哑口无言，非常难堪。

　　王伟没有给同事留任何的情面，没有注意说话的分寸，导致那位宣传干事怀恨在心，后来经常在领导面前说王伟心高气傲，目中无人。结果，领导一纸调令，王伟被"流放"到某乡镇去当通讯员了。真是"祸从口出"啊！

　　因此，说话做事要有分寸，掌握好尺度，切不可意气用事，争强好胜，不给人留余地。要知道说出去的话，泼出去的水，都是无法再收回的。

苏 秦 受 辱

SU QIN SHOU RU

——吃得苦中苦,方为人上人

一位诗人曾写道:"老年遭受艰难困苦是不幸的;少年未经艰难困苦也是不幸的。"

吃苦,会让人的生命力更强,会使人的意志力更坚。苦,可以折磨人,也可以锻炼人;蜜,可以养人,也可以害人。

吃一番苦,可以使我们更加深刻地领悟人生;吃一番苦,可以使我们更加珍惜现在拥有的一切;吃一番苦,可以使我们更具有坚韧的品格;吃一番苦,可以使我们对生活多一份感激。

初入职场的大学生们,已经习惯了象牙塔里无忧无虑的生活,面对苛刻的现实,做好吃苦的准备更为明智。下面故事中作为战国时代纵横家的苏秦,给我们做了一个很好的榜样,希望你能从中有所收获。

很久以前有一个叫苏秦的孩子，他年少有为，志向远大……

@#$……

据我研究发现苏秦在不会说话的时候就已经发誓要做 CEO 了。

专家

上课时间他从未清醒过……

却能顺利升学。

升学分 60

48 60 59

谁说我有眼屎了？

明明看见有的……

他自尊心极强。

在年复一年的睡眠中，苏秦毕业了。

洛阳公共关系○○学院 XX 届毕业生

开门，开门！

历尽辛苦，辗转跋涉，苏秦才算重返家门。

讨饭的还敢叫门？反了你了。

我是少爷啊！

老爷，这个人自称是少爷，你来认认吧。

你怎么混成了这副德性，先人的脸都叫你丢尽了。

爹，快弄点饭吃啊！我饿得都要晕了。

这……

怎么了？

唉，自从你哥娶了媳妇，家里我就不做主了，吃饭是要请示的。

弟弟,你回来了。

你嫂子她来了。

知道弟弟回来,我特地做了一碗东西,你趁热吃了吧!

人不错啊!

哗哩呼噜

这种味道,难道是……

猪食啊!

你这家伙一无所成,还想回来吃白食,没门!

等着瞧吧,坏婆娘!

乌鸦,告诉我,为什么人家这样对我?

可怜的苏秦,连衣服也没换就又开始流浪了。

没话头了……

请问鬼先生在哪里?

这里没鬼,我叫鬼谷子,这里是我办的学校。

你教些什么内容呢?

成功学

交际学

厚黑学什么的……

我可不可以学?

就住这里吧!被鬼吃了也好。

你一个讨饭的,又没有钱!

我很惨的……

听完了苏秦的自述身世。

那你留下来吧！你是个很好的案例。

今天的话题是"成功是你的人格资本"。有请嘉宾苏秦。

大家好

这是一个典型的失败者，事业失败还依然心高气傲，于是心理也遭受了极大的创伤。

成功之前，先不要想自尊，吃得苦上苦，方为人上人。

49

在鬼谷子的指导下，苏秦悬梁刺股，发奋学习，他终于拿到了第二个学位，他要去开创新事业了：联合那六家小公司以便打败大秦实业。

事情进展得很顺利，已经有五家公司答应合作了，但是齐氏企业……

我绝不放弃，我要挑战自我，永不知足。

齐氏

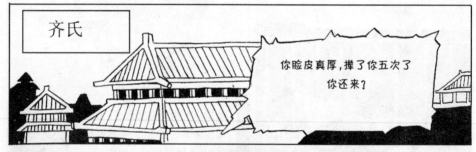

你脸皮真厚，撵了你五次了你还来？

六国帅印我已拿了五个，荣华富贵享用不尽，我来这里完全是为了给齐一个机会，老板你要三思啊。

我答应你的方案了，真是服了你了。

耶

兼任六家企业 CEO 的苏秦决定回家看看……

弟弟,你嫂子亲自下厨做了一桌子菜啊,一定要喝个痛快。

子给我擦鞋!

真想让我那坏嫂

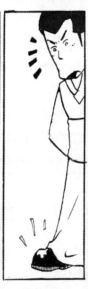

苏秦到底有没有羞辱嫂子呢?

后记 HOU JI

苏秦的感悟:"不吃苦中苦,难为人上人。"这是许多望子成龙的父母常常讲给子女的至理名言。不经一番寒彻骨,哪得梅花扑鼻香。自然界也是如此。春花的烂漫,孕育于痛苦的寒冬。

吃苦,既是一种经历,更是一种财富。因为没有低谷也就显现不出高山的威武,没有挫折,幸福也将黯然失色。没有品尝过寄人篱下的滋味,听不到风凉话,看不到冷脸,过多的奉承让你养成发育不全的性格,突然某一天,你背靠的大树倒了,你开始失宠,在坑坑洼洼的路上,你绝对不如别人那样行走自如。很多时候我佩服那些吃过苦,有着坚强品格的人们,他们可以在任何环境下生活得很好,任何困难都不能将他们击倒,我觉得他们才是真正的强者!如今,我也做到了!

吃得苦中苦，方为人上人

一、吃苦是成功的垫脚石

古人云："故天将降大任与斯人也，必先苦其心志，劳其筋骨，饿其体肤，空乏其身……"这就是说，一个人想要成功必然离不开吃苦。

回望历史，有很多吃苦耐劳的经典故事至今给我们以启迪。

被称为世界三大短篇小说家之一的欧·亨利虽身陷囹圄，精神上受到百般折磨，但是他最终还是写出了《麦琪的礼物》、《警察与赞美诗》等著作。

"吃得苦中苦，方为人上人。"这话说得不错，要成为人上之人就必须吃得苦中之苦。有人说"苦海无涯！"这话不能说是错，只能说明这个人目光短浅，因为还有一句话，那叫做"苦尽甘来！"付出总有回报。李时珍走遍千山万水，回报他的是一本《本草纲目》；纪晓岚废寝忘食，回报他的是一部《四库全书》；玄奘夜以继日，回报他的是《大唐西域记》。

年轻人一定要做好吃苦的准备，因为吃苦是成功的垫脚石。

二、历经磨难，沙粒成珍珠

很久以前，有个渔夫来到沙滩准备挑选一颗有毅力的沙粒变成珍珠，几乎所有的沙粒都蠢蠢欲动起来。可是当渔夫说"你们必须有吃苦的准备，你们要忍受蚌中的阴冷和恶劣的生活环境，并要经得起漫长的磨难和考验"时，那些只图虚荣且养尊处优的沙粒们便退缩了。他们无法忍受恶劣的生活环境，也不甘心几十年光阴全耗在那里。结果只有一颗沙粒在大家的嘲笑中随渔夫去了。几十年过去后，这颗沙粒终于脱蚌而出，成了一颗璀璨的珍珠，当它再回来看望大家时，却发现当年的沙粒大多早已风化。回首逝去的岁月，珍珠说道："感谢吃苦，是吃苦推开了我成功的门！"

故事中这颗沙粒当年选择了吃苦，才使它推开了成功之门。要成功的确需要一个长期坚持与耐心等待的过程,是一个需要让思想慢慢沉淀、逐渐升华的过程,夏目漱石小说《旅宿》中说道:"苦痛、愤怒、叫嚣、哭泣,是附着在人间的。"谁都不可能避免这些,谁若祈求一生样样如愿,没有磨难与考验,谁便只能是徒有一个空壳而已。

在试用期中也是如此。求职者常常感到精神和心境处于一种迷茫的疲惫状态,往往是有了怨言,不知可与谁诉说;有了喜悦,不知可与谁分享;公司中一张张陌生面孔让自己觉得遥远,心中的情绪得不到发泄。这感觉比厄运更让人觉得压抑和不知所措,这时我们要学会调节自己。无论试用期怎样度过,都应该让它充满意义,所以我们应该弯下腰来去选择一些有意义的吃苦。新东方校长俞敏洪说:"一个人一辈子从出生到死亡,每天重复同样的事情,没有任何收获,没有学习的快乐和领悟的惊喜,那就是开始变老了。"每个人今天所做的一切,将决定明天的生活环境。人生的道路,大多是摆脱卑微、穿越困境,经历风雨后才越走越宽敞。平凡者,可以抓住机会勇于挑战,运用智慧和能力使自己最终走向成功。正如那颗平凡的沙粒最终变成璀璨的珍珠一样。

困难与挫折,只是考验毅力与耐性的武器,而不是阻碍人们成功的绊脚石。

三、吃苦耐劳,成功的秘诀

吃苦耐劳是获取成功的秘诀。当一个人通过勤劳苦干,使自己的能力提高到了一定的程度时,自然会有各种发展机会降临。

现在,有一个最让企业头痛的问题是:新招来的员工吃不了苦,没有一点吃苦耐劳的精神。有些人在企业里干了几天,甚至才干了几小时就辞职走人。美好的生活是靠双手劳动去争取的,你付出多少,就会收获多少。

具有吃苦耐劳精神,是一个人成就事业的基本条件。

香港富豪李嘉诚,被美国《时代》杂志评选为全球最具影响力的 25 位企业界领袖之一,同时他也是香港历史上少有的千亿富翁。他所建立的长江实业成为香港的第一大企业集团,他的成功也离不开他的吃苦耐劳。

李嘉诚幼年丧父,家庭的重担由他一肩扛起。14 岁,正是一般青少年求学的黄金岁月,应该是无忧无虑的,然而迫于生计的他不得不选择辍学,走上谋职之途。每天清晨 5 点左右,他就必须提起精神从温暖的被窝中爬起,然后赶到茶楼准备茶水及茶点。每天他的工作时间长达 15 小时以上。茶楼老板对他的吃苦肯干的精神深为赞赏,所以李嘉诚就成为茶楼中加薪最快的一位员工。

曾有人问李嘉诚成功秘诀,李嘉诚讲了下面这则故事。

在一次演讲会上,有人问 69 岁的日本"推销之神"原一平其推销的秘诀是什么,他当场脱掉鞋袜,将提问者请上讲台,说:"请你摸摸我的脚板。"

提问者摸了摸,十分惊讶地说:"您脚底的老茧好厚呀!"

原一平说:"因为我走的路比别人多,跑得比别人勤。"

李嘉诚讲完故事后,微笑着说:"我没有资格让你来摸我的脚板,但可以告诉你,我脚底的老茧也很厚。"

李嘉诚讲的这个故事,给我们这样的启示:人生中任何一个成功都不是唾手可得的,不能吃苦、不肯吃苦,是不可能获得任何成功的。

一些刚走出大学校门的大学生,总以为自己有了高学历,有了丰富的理论知识,就等于具备了获取成功的一切因素,也就不用再吃苦了。其实,学历和理论知识并不代表能力。如果不愿吃苦,就积累不了足够多的实际经验,就不知道理论知识具体该怎么用。所以,对于刚出道的人来说,唯有以勤补拙,任劳任怨,迅速提高自己的实际操作能力,才有发展前途,就像幼鸟练飞一样,先别嫌窝巢太小,经过勤练,把翅膀练硬了,自然海阔天高,任你翱翔。

卖火柴的小女孩 之职场版

MAI HUO CHAI DE XIAO NV HAI ZHI ZHI CHANG BAN

——态度决定命运

"做我必须做的，然后假装喜欢那样"，这句话是许多上班族的箴言，短短的一句话反映出了在职场打拼的人面对工作的无奈。尽管可能有些工作并不是我们喜欢的，但是既然要工作就必须去做，并且强迫自己去喜欢现在的工作，道理很简单，就是一句话"态度决定一切"。初入职场的你，可能无法完全理解到这句话的深层含义。也许有一天你会发现，即使是假装，你也无法喜欢手头的工作，一切看来都如此令人厌倦，有什么办法能重新激起你的热情，来克服令人压抑的"瓶颈"呢？

下面故事中两个小女孩玛丽和简，她们初入职场的不同态度导致最终迥异的命运，给我们带来了深刻的震撼。希望这种震撼有助初入职场的新人调整心态，积极应对职业生涯中的"瓶颈"。

经过了一番激烈的竞争,两个小女孩玛丽和简成为了天堂火柴公司的推销员。

卖火柴了,最时尚的新世纪火柴!

第一天,玛丽和简一根火柴也没卖掉。

你们两个这样下去不行。这是我们公司的最新产品,应该热卖的。

我会好好想办法的。

我们的地段太偏僻了。

玛丽,我们边上有一个CBD,还嫌不好啊。

那只是正在规划而已。

你是不是觉得我们的产品有问题?

确实是这样啊!

三天之内卖不了一盒,我一定炒你们鱿鱼。

简,我们完了,没希望了!

玛丽,不要这样,只要努力,机会还有很多的。

大家慢慢来!
……

我要有这么好的身材就好了。

哇

这种方法根本不适合我。我脸上有很多痘痘。

玛丽,你不去招揽顾客吗?

反正也是白叫,没人理我的。

小姑娘，是不是迷路了，告诉叔叔。

啊……我是

要不要买……

我是天堂火柴的……

太过分了，扮可怜促销商品，欺骗人的感情，不是吗？

我可没这么想啊！

也许我本来就不适合干这个工作吧？

卖火柴。

卖火柴。

请问你为什么不买盒火柴？

你又没什么精彩的内容能吸引我，我当然不愿意停下来为买根火柴耽误时间了。

谢谢你的提醒！送你一根火柴吧！

卖火柴上学

你又来骗人了，骗人也骗得没创意。

真是奸商！

为了卖盒火柴竟跪在这儿。真丢脸！

这是干什么的？

买一盒火柴就可以在这里把自己的祝愿写下来挂在树上。

免费许愿

那写上有什么用呢？

我们会把它栽到最繁华的地方，你写的祝福语就会被人看到了。

我买一盒……

我买一盒……

玛丽不要这样,我卖掉的算每人一半,好吗?

按现在的情况根本赚不到钱,还是不干最好。

事情也要一点一点来嘛。

我要辞职。

玛丽坚决要求辞职,于是老板同意了,送给她三根火柴作为报酬。

一定要卖掉这三根火柴,吃顿饱饭去找工作。

不是吧,下雪了啊?!

寒冷的一夜过去了……玛丽冻死在街角,面前有三根火柴梗。

有位作家不明真相有感而发,写出著名童话《卖火柴的小女孩》。

安徒生

简成为了天堂火柴公司最好的推销员，生活富足幸福。

简的话：

　　至今仍为我的好同事玛丽感到惋惜，其实刚入职场，困难的场面谁不会经历呢？这正是一个人职业生涯的"瓶颈期"，走过去就会海阔天空。要突破这个瓶颈，首先你必须接受现实；其次，你必须积极。积极有两个含义：一是相信自己，成功是你的权力；二是主动寻找破解之道，不要坐以待毙。

　　一个颠扑不破的真理：事实不会变更，变更的只有自己，恰当的转变态度，会达到事半功倍的效果。

态度决定命运

 一、他们是不一样的!

　　生活就是一个多棱镜,每一面都是一个精彩世界。然而有些人总是只看到一个方面,一个劲地朝一个方向前进,不到黄河不死心,不撞南墙不回头。有时候只要换一种思维,换一个角度,或许就会发现其他的地方是一片辽阔的海洋。工作也是这样的。只要全力以赴地去做,再糟糕的工作也会变成最出色的工作,就像希尔顿说的:"世界上没有卑微的职业,只有卑微的人。"我们要说,这个世界没有卑微的人,只有卑微的思想。

　　有一个小故事,说的是三个砌墙工人。

　　有人问三个正在砌墙的工人:"你们在做什么呢?"

　　第一个工人没好气地朝他瞪眼睛:"你这人真是的!没有长眼睛吗?我正在砌墙啊。"

　　第二个工人有气无力地头也不抬地说:"嗨,我正在做一项每小时 9 美元的工作啊。"

　　第三个工人哼着小调,欢快地说:"你问我啊,朋友,我不妨坦白告诉你,我正在建造这世界上最伟大的教堂!我们都是最伟大的工人啊。哈哈!"

　　这三个人的工作都是一样的——砌墙,而对砌墙这份工作所表现的态度却是那么的不同。

　　态度决定一切!

　　人的一生中总会遇到这样或者那样的问题。面对这些问题,我们应该怎么做呢?是绝望后选择逃避?还是积极地寻找机会?对于刚刚参加工作的人来说,当遇到一个让你觉得很无聊、很乏味的工作的时候,你的选择是什么?当你对现在的工作厌烦了,你该怎么办?当一切都变得不顺利,前途渺茫的时候,是去还是留?……

　　态度决定命运,当我们遭遇挫折,不要悲伤,不要抱怨,不要消极等待,你要做的,你应该做的,就是让你的思维转动起来,不断地去寻找一切可以利用的资源来帮助你渡过这个难关。用积极的态度拯救你自己。

二、为什么他们不一样？

如果一个人只把目光停留在工作本身，那么即使从事最喜欢的工作，他依然无法持久地保持对工作的热情。

前文故事中的主人公玛丽与简的不同结局，就是不同的工作态度所导致的。只要改变态度，积极地面对生活和工作，就一定会有新的收获。可是我们的生活中总是有很多"玛丽"，面对生活中出现的各种困难和挫折，他们总是在哀怨声中将自己宝贵的生命白白耗费掉。刚开始时，他们对工作充满了憧憬和期待，但是随着时间的推移，最初的新鲜感会逐渐消失掉，取而代之的是枯燥乏味和无聊痛苦，甚至还有绝望。

究竟应该怎样做才能从工作中找到快乐呢？

秘诀就在于发现快乐的元素。特别的事情会让我们心情愉快，一旦心情愉快起来，就会全身心投入工作。本来觉得乏味无比的事情也会随之变得妙趣横生。这正是工作的本质所在。不应该仅仅把工作视为取得面包、乳酪、衣服、公寓等物质的"需要"；相反，如果把工作当作是体现人生价值的载体，就不会觉得那么失落了。假使你对待工作以艺术家的精神而非工匠的精神；假使你对待工作以浓郁的兴趣并加以热诚；假使你决意做一件事，并竭尽全力，那么你对工作就不致产生厌恶或痛苦的感觉，相反，还会有一种成就感和满足感。而这一切的前提就是你的精神状态和你的处事态度。

现在我们不妨设想一下上文三位砌墙工的命运，前两位继续在砌着他们的砖，因为他们没有远见，根本就不重视自己的工作，不会去追求更大的成就。但那位认为自己在建造世界上最伟大教堂的工人则不一样了，他一定不会永远是个砌墙工人。也许他已经变成了承包商，甚至变成了很有名气的建筑设计师，我们有理由相信他还会有更大的发展。他那充满诗意的语言就是在向所有人展示他有多么自信，有多么热爱自己的工作。一个热爱自己工作的人肯定不会在工作上无所作为的。美国通用人力资源负责人曾经这样说："我们在分析应征者能不能适合某项工作时，经常要考虑他对目前工作的态度。如果他认为自己的工作很重要，就会给我们留下很深的印象。即使他对目前的工作不满意也没有关系，他对下一项工作也可能抱着'我以工作成就为荣'的态度。我们发现，一个人的工作态度跟他的工作效率确实有很密切的关系。"你的工作态度,也会对你的领导、同事、部属以及你所接触的每一个人展示出你的内心世界和价值取向。

一个老者问一个年轻人现在生活得怎么样?他回答说:"我现在完全为我的工作所陶醉了,我简直不能自拔。每天早晨,我都十分渴望能够尽快地投入到自己的任务中,而当晚上放下工作时,我会感到十分的惋惜,就像一个天生的画家,在黄昏到来之时,会为自己不得不放下画笔而遗憾。"这样一个对自己的工作如此充满热情的年轻人,他的未来还有什么好担心的呢?爱尔伯特·马德说过:"一个人,如果他不仅能够出色地完成自己的工作,而且还能够借助于极大的热情、耐心和毅力,将自己的个性融入工作中,令自己的工作变得独具特色,独一无二,与众不同,带有强烈的个人色彩并令人难以忘怀,那么这个人就是一个真正的艺术家。"

当你工作的时候,如果能够以饱满的热情,灵活的头脑让自己尽情地融入工作中,相信你一定能够感到置身其中的乐趣。火焰般的热情,勤奋刻苦的精神,快乐的心情,一旦拥有这些,无论你做什么工作都能做出不平凡的成绩;如果以冷淡的态度去做最高尚的工作,也不过是个平庸的工匠。

 三、我们应该怎么做?

如果一个人处处以主动、努力的态度来工作,那么即便是在做最平庸的工作,也会化平庸为神奇,创造出最美丽的花朵。

歌德曾说:"最好不是在夕阳西下的时候幻想什么,而是在旭日初生的时候即投入行动。"

所有人都在告诉我们行动要趁早,不要总是动动嘴皮子就将一切又抛置脑后了。一位上识天文下晓地理的教授与一位文盲是邻居,他们会经常聚在一起讨论如何走向成功,当然这个时候大都是教授独自演讲,文盲在一旁端茶倒水,虔诚静听。他实在是太钦佩教授的学识与智能了,总觉得教授简直太伟大了,并且开始按照教授的设想去努力。若干年后,文盲成了一位百万富翁,他想起教授的教导,就赶紧前往拜访,发现教授还是在谈论自己的致富理论,但他的家好像没有什么改变。

生活中有很多人整天抱怨说:"我是很想立即改变现状,但周围的大环境就这样,不允许,没办法呀!"这种说法是非常幼稚的,一个人在面临无法改变的环境的时候,就要学会改变自己。自己改变了,环境也会随着改变。西方有句谚语:"生存决定于改变的能力。"人们往往既想改变现状,又害怕承受变化的痛苦,结果把自己弄得很矛盾,折腾了一大圈又回到起点。改变是痛苦的,但是,如果不改变,停留在原地毫无进展,将会承受更大的痛苦。

生活是多姿多彩的,从每个角度看都会有不同的美丽景色。我们要相信,当上帝在关上一扇门的时候,必定会为我们打开另一扇窗。用积极的心态面对生活和工作,并付诸行动,成功定会伴随左右。

美女褒姒之死 的真相

——用微笑点亮前程

微笑,似蓓蕾初绽,它植根于美好的心灵。真诚和善良,在微笑中散发出沁人心脾的芳香。

微笑着告别寒冬,迎接阳春。尽管,未来的岁月里,还会有风风雨雨,但心灵的花蕾上,总是闪烁着信念之光。

微笑的风采,包含着丰富的内涵。它是一种激发想像和启迪智慧的力量。在顺境中,微笑是对成功的嘉奖;在逆境中,微笑是希望的光芒。这就是微笑的魅力。对于刚刚进入公司的新员工,微笑会给领导和同事留下美好的印象,最容易获得成功。微笑,可以驱散头顶上的阴霾,收获一片晴空。

周幽王和妃子褒姒在观看军事演习……

嘿！美女，你最喜欢的一幕即将来临，笑一个嘛。

大王，各地诸侯已带兵来了。

告诉他们这是演习，让他们回去吧！

呵 呵

真惨！

又被那个娘们耍了。

一年中只有看到这些人被耍的时候我才会高兴两天！

不好了，大王，士兵开始造反，要你杀了褒姒妃。

啊！怎么办？吓死人了！

玩火者自焚，一代绝色美人褒姒就这样香销玉殒了。但是，有人持不同见解。

人际学专家

我反对这个说法。这样一个不爱笑的人根本不会得到大王的宠爱，更别说什么戏弄诸侯了。

历史"真相"

大家注意,皇上要选妃了!

村里所有的姑娘都要来面试了。

选妃太监

没想到这儿还有这么漂亮的美人。

我竟然都被她迷住了,更不用说皇上了。

就你了,跟我回宫吧。

阿狗哥哥,我一定会再回到你身边的!

小姐,我们到这里有一年多了,怎么才能离开这里呀?

保持一个好的心情,总有一天会成功的!

这么漂亮的女子,朕怎么没见过啊。

朕丑得像猪一样,她还对我笑,好感动啊!

从此褒姒被迫成了王妃……

阿狗哥哥,我一定很快回到你身边的……

褒姒的迅速蹿红惹得众多妃子眼红……

我也会。

不就是笑嘛！我也会。

红不了太久的。

我就是不服。

诸位姐妹好像谈得很happy啊。

正想找你呢，我们要跟你比微笑，输的人以后就不准再笑了。

好啊！

微笑比赛，现在开始！

A

B

C

褒姒姐姐胜。

其实真正的微笑要不露齿，不发声，肌肉放松，体现诚意。

褒姒妃，皇后招见。

呀！姐姐，皇后一定没怀好意。

别担心，你看我如何搞掂她吧。

听说妹妹你最近很红啊。

再这样下去，皇后我岂不是很没面子。

……
……

我命令你以后不准笑！把她嘴给我封了。

卫兵

卫兵

啊！好美好善良的眼睛，真正的微笑只要看一看眼睛就觉察得到了。

你这蠢货，走开！老娘亲自来。

哦，原谅我，妹妹……

听说那个褒姒妃，看她一笑，三天都不晓得饿。

真省粮食啊。

这次进京参加演习，一定要看看褒姒妃。

是啊，是啊……

褒姒妃的迷人微笑迅速传遍全国……

开始了……一年一度的演习

这些士兵的口号多整齐啊!

大王,我们是褒姒妃忠实的FANS,要进城看褒姒妃。

这样会引起军队动乱的!

是啊,大王,现在只能让王妃消失。

只有杀了她,以绝了那些士兵天天想着见王妃的念头。

她的微笑那么迷人,朕于心何忍呐!

大王,那只能让王妃隐姓埋名,远走高飞!

那也只有这样了。

周幽王对外宣称褒姒已死,以平息军队的动荡……

就这样,褒姒终于和她的阿狗哥哥有情人终成眷属,过上了她想要的生活!

后记 ※ HOU JI ※

生活中,不是每个人都如褒姒这般笑起来倾国倾城。但很多时候,微笑可以左右你的命运。首先,一抹微笑,不仅表明你无时无刻的好心情,更是一种自信的优雅体现,没有人相信一个愁眉苦脸的人会集中精神办事。另外,微笑更是一种宽容、一种接纳,它可以给予周围的人春风般的温暖。

用微笑点亮前程

世界上最美丽的微笑在哪里？在一代艺术巨匠达·芬奇的名画《蒙娜丽莎》中。蒙娜丽莎若有若无、恬淡娴静的微笑，倾倒了一代又一代的观众。为什么她的微笑有那么迷人的魔力呢？如果一个人面对失败或苦难依然能笑得从容，他一定是个强者。

泰国商人施利华，曾经是叱咤商界拥有上亿资产的风云人物，1997年的一次金融危机使他破产了，面对失败，他只说了一句："好哇！又可以从头再来了。"他很坦然地面对失败，很坦然地走进街头小贩的行列，很坦然地开始叫卖三明治，他用微笑告诉生活，自己没有认输。一年后，施利华终于把握时机东山再起，正是他当初的微笑让他看开了一切，也是微笑让他更加有勇气继续面对生活，有勇气继续创造财富。

佛法认为，饮茶必三道：第一道苦若生命；第二道甜若爱情；第三道淡若微风。当我们刚刚步入社会的时候，一切对于我们来说都是陌生的。生活的本身有其既定的规则，是任何人也改变不了的，我们能做的就是品味。品味生活的酸甜苦辣，用微笑装扮心情。

如果有一天，生活欺骗了你，你很无助，也很绝望，不知道哪里才是没有泪水的天堂。

不要埋怨，不要忧伤。试着给生活以微笑，拂去阴霾。

没有失败坎坷的成功不叫成功；没有惊涛骇浪的大海不叫大海。

用微笑点亮前程！
用微笑迎来成功！

 ## 一、威廉·史坦哈笑了！

生活是一面镜子，你对它微笑它也会对你微笑，你沮丧失望它也会苦闷失落。每个人都希望有一个快乐幸福的生活，那么不妨首先做一个幸福的人，用微笑感染生活。

威廉·史坦哈已经结婚 10 多年了,拥有一个幸福的家庭,但是因为工作的压力他很少微笑。在家,他很少和家人说话,很少微笑;在公司,他也是一副闷闷不乐的表情,大家都不愿接近他,与同事们的关系也不好。史坦哈觉得生活是那么的索然无味,甚至认为自己是这个世界上最闷闷不乐的人。

有一次,史坦哈参加了一个培训班,老师就"微笑"这个话题讲了一节课,并且强调说微笑在生活中是多么的重要。

于是,史坦哈改变了他的态度。他每天早晨起床后总是微笑着给家人打招呼;去上班的时候,就会对大楼的电梯管理员微笑着说一声"早安";他还微笑着跟大楼门口的警卫打招呼,感谢他的每日辛劳;他对地铁的检票小姐微笑,称赞她精神很好;当他站在交易所时,他对那些以前从没见过的人微笑……很快史坦哈就发现,每一个人也在朝他微笑,大家的笑容都是那么灿烂,那么真诚。他以一种愉悦的态度,来对待那些满腹牢骚的人。史坦哈还发现微笑给他带来了更多的收入、更多的工作机会,以及老板、同事的赞赏和钦佩。

微笑就是力量!微笑可以改变心情,改变生活,改变工作状态,甚至可以改变人生命运。

 ## 二、学会微笑

在《世界上最伟大的推销员》一书中有这样一个例子。

在一次汽艇展示中,有一位来自中东的富翁停在一艘大船的陈列台前面,面向那里的一位推销员,平静地说:"我要买价值 2000 万元的船只。"这是任何人都求之不得的事情,可是那位推销员却面无表情,无动于衷。他以为这位顾客是在开玩笑。

富翁等了片刻后,他走到下一个展台前。这回他受到了一个年轻推销员的热情接待。这位推销员脸上挂满了真诚的笑容,那微笑就跟晴天的太阳一样灿烂。由于他这个最贵重的礼物——微笑,富翁有了宾至如归的轻松和自在,所以他再一次说:"我要买价值 2000 万元的船只。"

"没问题,"第二个推销员说,仍然微笑着,"我会为您展示我们的系列船只。"这样,他就推销了自己,并把世界上最伟大的产品——微笑推销了出去。

一个简单的微笑便可成交一笔数额可观的业务,实在值得我们借鉴与深思。应该说,微笑具有一种特定魅力,它可以点亮天空,可以振作精神,可以改变你周围的气氛,更可以改变你的生活,使你更受欢迎。

然而,有些人觉得微笑是一种气质,是由先天的因素决定的;有些人觉得微笑是一种境界,不是任何人都能达到的境界。诚然,有魅力的微笑是天生的,但依靠自身的努力也完全可以拥有。下面就告诉你几个练成美丽微笑的方法。

1. 哆咪咪训练法

从低音到高音一个音一个音地充分进行练习,放松肌肉后,伸直手掌温柔地按摩口腔周围。

（1）放松肌肉

放松口腔周围肌肉就是微笑练习的第一阶段。口腔肌肉放松运动是从低音"哆"开始,到高音"哆",大声地清楚地把每个音说三遍。不是连着练,而是一个音节一个音节地发音,为了正确的发音应注意口型。

（2）给嘴唇肌肉增加弹性

形成笑容时最重要的部位是嘴角。锻炼嘴唇周围的肌肉,能使嘴角的移动变得更干练好看,也可以有效地预防皱纹。如果嘴边儿变得干练有生机,整体表情就给人有弹性的感觉,所以不知不觉中显得更年轻。面对镜子,尽量收缩或张开嘴,反复练习。

（3）微笑定位

拿一支不太粗的笔,用牙齿轻轻横咬住它,对着镜子,记住这时面部和嘴部的形状,这个口形就是合适的"微笑"。当然,这还只是"初级"的微笑。"高级"的微笑,这种微笑应该是发自内心的,不只是嘴咧开,而是用纸挡住鼻子以下的面部时,还可以看到眼中含着笑。

（4）拉上嘴唇

如果希望在大笑时,不露出很多牙龈,就要给上嘴唇稍微加力,向下拉上嘴唇,保持这一状态 10 秒。

（5）修饰有魅力的微笑

挺直背部和胸部,用正确的姿势在镜子前面边敞开笑颜,边修饰自己的微笑。

这是在放松的状态下,根据音阶练习笑容的过程,练习的关键是使嘴角上升的程度要一致。如果嘴角歪斜,表情就不会太好看。练习各种笑容的过程中,就会发现最适合自己的微笑。

2. 其他简单方法

① 每天照镜子的时候练习微笑。

② 经常进行快乐的回忆，并努力将自己的工作维持在最愉快的状态。

③ 在工作一天后尽量保证充足的睡眠，即使在最繁忙的时段，也要尽量使自己放松，因为这样才能使微笑看起来轻松自在。

④ 长时间的工作后感到非常疲劳时，可以抽空去一趟洗手间，放松自己，保持微笑。

⑤ 笑的时候假想面前站着的是你的恋人。

3. 打造完美微笑

有时，你对自己的微笑并不满意，该如何解决呢？一般经常会出现以下两种情况。

（1）嘴角上升时会歪

微笑的时候，一些人两侧的嘴角不能一齐上升。该怎么办？这时利用木制筷子同时上挑两侧嘴角进行训练是很有效的。刚开始会比较难，但若反复练习，就会在不知不觉中两边一齐上升，形成干练而有魅力的微笑。

（2）笑时露出牙龈太多

笑的时候露出很多牙龈的人，往往笑的时候没有自信，不是遮嘴，就是腼腆地笑。自然的笑容可以弥补露出牙龈的缺点，但由于本人太在意，所以很难笑得自然亮丽。我们可以通过嘴唇肌肉的训练来弥补这个缺点，对着镜子以各种形状尽情地试着笑，在其中挑选最满意的笑容。然后确认能看见多少牙龈，大约能看见 2mm 以内的牙龈，就很好看。

灰姑娘 成功记

HUI GU NIANG CHENG GONG JI

——告别自卑，走向成功

　　刚刚走出校门，面对纷乱无序的工作，你害怕了吗？一想到更大的成功背后要进行更有难度的超越，你胆怯了吗？看看周围的人都比你过得好，你自卑了吗？……内心的自卑是吞噬勇气和自信的毒虫，与自卑为伍意味着放弃了成功的权利，每个人都有不如别人的一面，我们不可能在各个方面都是最好的。有什么可自卑的！

　　学学下面这个故事中的灰姑娘，告别自卑，充满自信，锦衣玉食的美梦终将到来。

生了!

是个女孩，……啊!

呀! 这孩子怎么一生下来就黑黑的。

哇——

想不到又是个女孩，干脆叫她灰姑娘吧。

其实灰姑娘不仅天生很脏，而且……她一年只洗一次澡。

半年才肯换一次衣服。

唉! 每次看到她，都会对美好生活没信心。

她还有两个姐姐

白静和白胖。

时光如梭,灰姑娘转眼长大成人了。

小灰,你也不小了,虽然人寒碜了点,省水省布,但老这么吃,我也养不起啊。

我要工作!

81

请出示工作证！

行行好，大姐，快憋不住了，我是舞厅的门卫，不骗你。

去吧。

救人一命胜造七级浮屠！我会报答你的。

我要做公司的首席员工，你能帮吗？

这个……

如果你想免费进舞厅，我可以给你提供机会。

我也没有舞鞋和马车，身上还这么臭。

呵呵！我自有妙计。

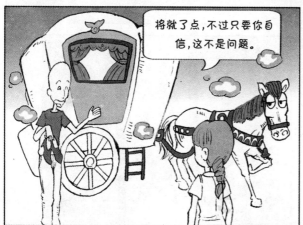

将就了点，不过只要你自信，这不是问题。

记住三天后还我啊！

第一天晚上

是送菜的吧？走后门去。

我不要一辈子看厕所，我要自信起来，抓住机会。

第二天晚上

自信之光

有请CEO与新来的小姐共舞一曲。

哎哟,你踩死我了。

一切都没有想象中那么难的,发挥你自己
……

今晚属于你,小姐!太成功了。

第三天晚上

我知道今天晚上我去的话会更成功。

以后失落也更大。

也许那样的辉煌本来就属于我。

看厕所才是命中注定的。

我要去。

哐B

我又变回那个又脏又臭的人了。

嘿,你倒挺机灵,把鞋子扔在路上,人家一定能找到你的。

可是我这副样子,行吗?

缺陷是为了提醒你完善自我,而不是作为自卑的依据。懂吗?

哦,我懂了。

CEO 马上要来了。

小灰瞎折腾什么呀！

丑人多作怪！

什么这么香？

难道是传说中的……

馋嘴鸭

灰姑娘果然是我们公司要找的人，出场都这么不凡。

唔！女儿终于有出息了。

后记
HOU JI

灰姑娘日记：

　　初入职场，谁有我惨，但惨归惨，人一定要把自己心里的自卑给压下去，你不是什么都不能干，相反，你什么都能干，你很优秀，一定要给自己打气，否则只能一辈子打扫厕所。

　　人生的意义在于不断战胜自我，所以，一定不要过分强调自己的失败，一味地自责苛求只会使自己陷入无可挽回的自卑，爱自己，就要学会宽容自己，战胜自卑。

告别自卑，走向成功

 一、相信自己

著名的成功学家戴尔·卡耐基先生曾经说过："一个青年，如果从来不肯竭尽全力来应付一切，如果没有坚强不屈的意志，如果没有真挚诚恳的态度，如果不施展自己的能力，如果不振作自己的精神，那么决不会有多大成就。"

美国南北战争期间，北方一将领率军未能攻下维克斯堡，他在法拉格特将军面前阐述战败原因的时候极力为自己开脱，把失败的原因归结到其他的方面。法拉格特听完他的辩解后只说了一句话："还有一个重要的原因你没有讲到，那就是，你一开始就不肯相信自己能成功。"

有充分的自信就能发挥无比的威力。一个人要挑战自己，靠的不是投机取巧，不是耍小聪明，靠的是自信心。对自己丧失自信，对生命丧失信心，到头来还是被自卑俘虏，成为失败的奴隶。这样的事情在现实生活中不胜枚举。

新加坡某著名大学的一名优秀的高材生，在校期间就获得了很多荣誉奖励，还曾经是学校某著名社团的社长，并担任过校学生会主要领导职务，年年都拿奖学金，还很受老师的宠爱和信任。毕业求职时到某知名公司应聘，想不到竟然被通知不被录用，这个学生痛不欲生，竟选择了自杀，幸好被人及时发现，没有死成。醒过来后，家人告诉他，他是该公司考分的第一

生活在这个世界上，每个人都会有这样或那样的不如意，总会碰到这样或那样的困难和挫折，没有哪个人的一生都一帆风顺。但是为什么有的人通过自己的辛勤劳动成功了，有的人一辈子却在自卑中堕落无法自拔，在哀叹和幻想中虚度自己宝贵的一生呢？其实关键就是一个态度的问题。告别自卑，拥抱自信，不要让自己生活在黑暗之中，相信自己可以成功。

名，只是由于计算机的错误，将他的分数打错了。他顿时喜出望外，也暗暗庆幸自杀未遂。在他正准备邀请亲朋好友摆酒庆贺时，又传来消息，他还未被聘用就被解雇了。公司经理说也许他的知识和能力是一流的，但是一点小小的打击都受不了，而选择自杀实在让人难以接受，公司怎能期望他来以后有大的作为呢。

一个人之所以失败，是因为他自己要失败；一个人之所以能够成功，是因为他自己想要成功。内心的影响力会对一个人的成功提供强大的助力。一个平庸的、只会原地踏步的人，总觉得自己不重要，没有什么能力，成就不了什么大事。无数实践证明，否定自己是一种消极的力量，它常常使人走向失败之途；而一个有信心的人，则常常依靠自信踏上成功之路。

 二、从自卑中走出来

"人非圣贤，孰能无过。"每个人都会有这样或那样的缺点，都会犯错误。弱点不是人格的瑕疵，应该用一颗平常心看待这些不足，利用自己的主观能动性改变它，甚至转化它，把缺点变成优点，从自卑中走出来，摆脱自卑才有可能走向成功。

每个人都有很多的希望，"我希望我的性格温柔一点"，"我希望我不要老是那么懦弱"，"我希望我不要动不动就生气"，"我希望……"。无论你的弱点是什么，它都绝对不可能永远打败你。记住了这一事实，你就可以通过不懈的努力，将弱势转化为强势。也就是要从合适的地方切入，全身心地投入，然后再一步步地深入，最终实现自己的目标。

每天进步一点点，每天自信一点点，走出自卑才能真正地拥抱阳光！

 三、让我们学会自信

有一种说法：这个世界是由自信心创造的。

世界上有2/3的人营养不良，差别只是营养不良的程度不同。同样地，世界上信心不足的人也有2/3，也只是程度不同而已。营养不良，使人的身体无法正常发育，在身体上影响人的健康；信心不足，则使人的才能无从发挥，在心理上影响人的健康。营养不良是表面的，缺乏自信是内心的，两者相比，后者的危害更大一些。信心是一种人格特质，也是一种平静稳定的心理现象，更是一个人成就自我的资本。

有信心的人,总是显得稳健安定,仪态优雅,从容机智;缺乏信心的人,则总是显得惶恐畏惧,优柔寡断。信心是精神生活的舵,它维持我们生活的方向;信心是生活的存储器,它使我们强壮有力,无坚不摧,在追求成功的道路上一往直前。

《艾子杂说》里有这么一则故事。

龙王与青蛙有一天在海滨相遇,打过招呼后,青蛙问龙王:"大王,您的龙宫是什么样的呀?"

龙王说:"珍珠砌筑的宫殿,贝壳筑成的阙楼;屋檐华丽而有气派,厅柱坚实又漂亮。"

龙王非常骄傲地说完,问青蛙:"你呢?你的住处如何?"

青蛙说:"我的住处绿藓似毡,娇草如茵,清泉沃沃,白石映天。"说完,青蛙又向龙王提出了第二个问题:"大王,您高兴时如何?发怒时又怎样?"

龙王说:"我若高兴,就普降甘露,让大地享受水的滋润,使五谷丰登,天下富足;若发怒,则先吹风暴,再发霹雳,继而电闪雷鸣,叫千里以内寸草不留。那么,你呢?小青蛙!"

青蛙说:"我高兴时,就面对清风朗月,呱呱叫上一通;发怒时,先瞪眼睛,再鼓肚皮,最后气消肚瘪,万事了结。"

我们从青蛙的回答中可以看出,在龙王面前,青蛙的回答中体现了充分的自信:龙宫固然美丽,但是我青蛙的居所也别具一格。这可以说是不卑不亢,没有丝毫的自卑。

青蛙尚且如此,我们人类还有什么理由不自信呢?

那么该如何摆脱自卑呢?下面的几种方法或许会给你一些帮助。

1. 时刻谨记你的优点

在现实生活当中,总有很多人觉得自己不够聪明,不够漂亮,做事不够八面玲珑,别人总是比自己强,自卑的心理就这样产生了。其实,有这种想法的人,都是因为他们没有注意发掘和表现自己的聪明才智,没有看到自己的优点和长处,进而忘记了自身的价值。如果一个人对自我价值认识清楚了,确立了坚定的自信,有了积极的自我形象感,那就会积极进取,充分发掘自己潜在的聪明才智,那么成功的降临就只是时机的问题了。

2. 沉浸工作,乐在其中

有位智者说过,每一个人都拥有天上的一颗星,在这颗星星照亮的地方,有着别人不可替代的光亮。所以这个世界上的每个人都在寻找那颗只属于自己的星星，因为只有找到那个位置，优点才能发扬，成功的几率也就更大。但这个过程需要时间、知识、才智和技巧等各种因素共同起作用，需要心智的成熟与发展。

3. 相信自己一定能成功

很多人总是担心"糟糕，我又讲错话了""那句话会不会让他不高兴了""这件事情究竟该不该那么做呢"，这都是我们成功路上的绊脚石。倘若无数个这样的信息每天都在脑中闪现，就会产生自卑。克服这种怯懦自卑心理的良好方法是想像。想像自己取得成功时的情景，在脑中显现你充满信心地投身于一项困难工作中的自信形象，一旦这种美好的形象在自己的心中扎根，那么你就会有无限的希望和力量。积极的心态，不断地努力最终会引导你走向成功。这种成功的"白日梦"，是确立自我成功形象的一种方法，你不妨试一试。

4. 善待自己，为自己活着!

他人对自己的期望是一种信任的期待，会成为一种前进的动力。但是，它有时也会成为束缚你行动的桎梏，甚至某些时候会成为你成功路上的绊脚石。所以，请不要因为看到别人成功就对自己妄自菲薄，不要错把人家的期待作为沉重的精神包袱，能真正认识自己的只有你自己，凭你的知识与经验以及直觉去寻找你的位置。

5. 朋友多了路好走!

与人为善，真诚待人，在与人交往的过程中我们不仅能感觉到友谊的重要，而且还能从别人对你的鼓励中得到更多的信心，获得更多应对坎坷的勇气，从而增强自我形象感。向他人贡献你的爱，你会得到他人的爱。当然，有一点要注意，在与他人交往中，不要被他人吞没了自我，也不要吞并了别人。

自信是根神奇的魔棒，一旦真正拥有了自信，你将发现你整个人就会发生很大的改变，你的脸上都会有太阳的影子，你的声音都是力量的象征，你的气质会更加优秀，你的能力会不断增强。鲁迅先生说："不要把自己看成别人的阿斗，也不要把别人看成自己的阿斗!"在与人交往的过程中就要有充分的自信，同时也要尊重别人。

张良 三拾履

——搞掂上班族应知礼仪

　　要上班了，将要第一次以员工的身份走进公司的大门，第一次正式面对将与你一起共事的同事，你准备好了吗？面对即将开始的新生活，你将以什么样的形象出场呢？在现实生活中我们对上班族的第一印象都是这样的：干净利落的仪表，大方优雅的微笑，舒展自信的举止。这只是上班族带给人们的第一份视觉冲击，或者说只是一个前奏，还有很多的礼仪隐藏在日常的举手投足之间。作为职场新人应该多加注意，否则人家会说你"金玉其外，败絮其中"！

　　下面，这个不懂礼仪的张良就吃尽了苦头，看看你能否从中吸取些教训。

嗨！美女，早上好！

女同事未答话，走远后惊恐回望。

你头上有根草。

没有啊！

抓 抓

你脑袋进水了？这都信？

有没有搞错！上班第二天迟到半个小时。

人家都已经很努力了。

张良在办公室

那个谁啊！给我一杯咖啡。

给你说了20多遍我叫翠花了，还记不住。

网上小MM有很多天没联系了，不如……

老板走来

饶命啊

真粗暴！

你这么肥！别白费力气了！

不知道你老公是胖是瘦啊？

午间休息

唪

……

喂！老头，认识黄石老人吗？

……

喂！ 喂 喂

想问路先把鞋子给我拾上来。

河里有水啊，你的鞋拾上来也不能穿了啊。

历史上这里应该没有水的！

好臭啊！

本来你要拾三次鞋的，现在有水，饶你两次吧！

这下你该告诉我黄石老人在哪里了吧?

就是在下!嘻嘻!

就你这德性,我不学也罢!

嘿嘿,你这人一点礼仪常识都没有,教起来一定很有成就感。

还是听听你怎么说吧!

先讲讲你自己的问题吧!

张良手舞足蹈,说得兴奋至极!

······
······

明白吗?你所作所为的反面,我们称之为礼貌!

与人相处,一定要学会赞美和倾听,真诚是礼仪的基础!

给你来个突击训练吧!你扮客户,我扮接待,学着点!

演练开始。

谁啊?

大汉文化传播无限公司张良。

你来干吗?

为什么不预约?

知不知道人家很忙的?

进来吧,记住,接待人员一般要走在客人左侧以示尊敬。

这是我的名片。

哇!好香啊,加过香精吧?

有没有搞错,接人名片一定要用双手。

咚

小美,上茶。

和客人在一起要先谈点客套话缓和气氛。

嘻！初见成效！你终于懂点礼貌了。

我生性粗俗，多亏了师父您的教诲，再见！

张良GG真是好绅士啊！

初尝知礼甜头的张良，一定会在礼仪方面更有进步的，这样下去，搞活人际，事业成功，不再是梦喽！

后记
HOU JI

上班族必知礼仪一般包括办公室礼仪和商务礼仪。上班时，日常的事务一般在办公室完成，办公室的人员密集决定了办公室关系的复杂和微妙，这就是所谓的：短刃相接处，杀人暗无声。密切的接触反而最容易造成争端，我们在办公室首先要学会布置设计空间，把自己的办公桌收拾得干净整洁，也是一种礼貌。另外，要习惯说"我们"，不要过分特立独行。当然，最重要的，不要刺探或者传播同事们的隐私，这样很惹人烦。

商务礼仪主要是一些接待和访问上的细节问题。主人应尊重客人，因此，一定要了解对方的习惯和文化背景。客随主便，作为访问者，也不要太过随意，不经预约不要随意闯入别人的办公室。对主人的接待工作应以包涵之心看待，不要处处挑剔。

搞掂上班族应知礼仪

 一、我怎么称呼人家呢？

"入乡随俗"这句话大家应该都听说过，到一个地方就应该适应一个地方的风俗，其实参加工作也是这样。刚进入一个新的工作单位就应该遵守这个单位的规章制度和一些约定俗成的规矩，否则你就会被领导、同事视为异类，甚至最终有可能被淘汰出局。因此开始工作之前就应该对单位的制度、规矩有所了解，这样的话你才不会在工作之后手忙脚乱，也不会触犯什么条条框框引起不必要的麻烦。

那么在实际的工作过程中你应该怎么处理这些问题呢，别着急，我们从头开始。

人与人之间的交往是通过语言的交流来实现的，一旦这个载体出现什么问题就可能直接导致你在人际交往中遇到阻碍。如果把人际交往时的语言比喻成浩浩荡荡的大军，那么称呼语便是这支大军的先锋官，没有人不打招呼就说话。然而仅仅有称呼也不行，称呼也有很多讲究，你使用的称呼是否合适，直接影响着交流活动的进行。一般来说，人们对称呼的使用恰当与否都是非常敏感的。尤其是初次见面的人，他对你的印象主要来自你的语言，第一个能够体现你的素质、你的水平的就是你对他人的称呼，因为称呼就相当于一个人的地位和名誉，它在很大程度上影响着你交际的成败。称呼语的使用是如此的重要，相信大家都希望能够妥善使用好称呼语，那么你不妨试一下下面这七个方法，或许在与人交往的过程中就会少出现几个笑话。

1. 与时俱进的称呼

随着时间的推移，称呼语已经被时代赋予了越来越多新的含义。但是对于那些带有旧时代烙印的称呼，如"剃头的"、"伙夫"、"戏子"之类含有轻蔑意味的称呼仍然存在。而"理发员"或"理发师傅"、"炊事员"或"厨师"、"演员"或"文艺工作者"等一些新中国建立初期使用的称呼也有必要改进。"先生"、"女士"、"夫人"等等一大批新的称呼在中国的日常生活中已经不再鲜见了,不过目前在社会流传最广的还是"同志"一词。

2. 十里不同俗

大家都知道中国幅员辽阔,民族众多,由于地理、历史等各方面因素,各地区、各民族都有自己的特色语言体系、称呼规矩以及交际习惯。而且中国的方言繁多,不同的方言隶属于不同语言体系,并行存在互不干扰。即使同一个称呼,在不同的地区和语言体系中也有不同的意思。例如"侉子"这个称呼,南方有些地区指体魄健壮的男子,是敬重夸赞的称呼,而北方人则习惯于把"侉子"与粗俗野蛮联系在一起。

因此,为避免尴尬,在一般情况下,使用"同志"、"先生"等大众化的词作称呼语最保险。

3. 上什么山,唱什么歌

做事说话都是要分场合的,因此同一个称呼的使用也不尽相同,如果搞不清楚就会闹笑话。例如在一般场合叫"爷爷"、"妈妈",自然而亲切,叫"祖父"、"母亲",就会觉得有些生硬别扭。但是如果在一些比较庄重正式的场合,则使用后者更合适一些。有时候一个人兼有几种身份、职务,对他的称呼更要根据时间、场合的不同进行适当的改动。比如局长是你舅舅,在家里你可以很亲切地叫"舅舅",但在大家一起开会的时候你当着全局那么多人的面叫他"舅舅",会让别人觉得你是在搞裙带关系,你的局长舅舅肯定也会很不高兴。

4. 上下尊卑,还得心里有底

老板就是老板,不要期待他能够与你称兄道弟,更不要在公共场合拍拍他的肩膀:"哥们儿,我说这事……"。你的随意在你看来是为了拉进关系,但是你的老板会认为你无视他作为领导的尊严。用合适的称呼体现出上下长幼,以示亲切或尊敬,也是必要的,对年长者、知名人士要用尊称;对上级领导或其他单位负责人可称其职务;对职务低于自己的,也要选择有敬重含义的称呼,一般不宜直呼其名。否则你会被认为不懂规矩,甚至有可能让你卷铺盖走人。

5. 赞扬还是贬损,这是个问题!

有的称呼本身就带有明显的感情色彩,如"老厂长"、"老模范"、"老同志"等。称呼别人的绰号,有时有亲切感,如陈赓将军就喜欢别人称他为"小木瓜"(头脑迟钝者)等,然而有时候这可能就会成为冲突的导火线。以别人生理缺陷为绰号,是对别人人格的侮辱,是缺乏教养的表现。但是在恋人之间的称呼中,常有"傻瓜"、"坏蛋"

之类,不但不会引起反感,反而极其喜欢,这是表达特殊感情的特殊称呼。由此可见,恰当地选择称呼,运用合适的感情色彩是多么的重要。

6. 谁先谁后,还是掂量掂量吧!

公司里开会或者有集体活动的时候,很多人齐聚一堂,大家开开心心聊天的时候,你又面临一个难题,该怎样打招呼呢?一般来说,应有个顺序,先长后幼、先上后下、先疏后亲。如果处理好了这几层关系,问题也就迎刃而解了。周总理1972年2月21日宴请尼克松一行时的讲话,开头是这样的:"总统先生、尼克松夫人,女士们、先生们、同志们、朋友们!"大家看这样的称呼就很好,既恰当合适,又排列有序。

7. 她的心思你知道吗?

有时候一个同样的称呼,有人非常乐于接受,有人则讳莫如深。渔民都忌"沉"字,假如他正好姓陈,那就不好办了。如果你整天"老陈老陈"叫个没完,他肯定会不高兴。有的人30多岁了,自己也认为是而立之年了,所以他就会很乐于被称为"老张"、"老李",而有的人可能已经30多了还没有结婚,就会很烦别人叫他"老",反倒喜欢人家称呼他"小张"、"小李",认为这样就显得年轻了。曹禺的《日出》中的人物顾八奶奶,特别反感别人说她老,不识相的福生当她面说:"怪不得她老人家听腻了,你想,她老人家脾气也是躁一点,再者……"没等说完,就已经惹得顾八奶奶火冒三丈,呵斥道:"去!去!去!什么'她老人家、她老人家'的,我瞅见你就生气,谁叫你进来给我添病?"你看,这都是称呼惹的祸。

二、"张冠李戴",太尴尬了!

在商务交往中,特别是在一些慰问、会客、迎送等人们接触不多而且时间又比较短暂的场合中,容易发生把称呼弄错的现象,以至出现尴尬的场面。这样不仅会让人觉得没有礼貌,有时还会影响交际效果。那么我们究竟应该怎样做才能不犯这样的错误呢?

1. 深刻认识——张冠李戴要不得!

有这样一个例子。在某市的一次经济技术开发洽谈会上,一方的负责人不知是什么原因竟然连续出现了好几次张冠李戴的现象,令现场双方都很尴尬。合作方觉得这位合作者的头脑不清晰,生产经营能力不可信赖,于是便作出了取消合作计划的决定。其实对方的生产能力以及管理能力都是很优秀的,但是就因为这个小小的失误,导致合作的失败,经济上的损失是次要的,失去了一个长期合作伙伴才是令人遗憾的。张冠李戴真的要不得!

2. 准备充分,不慌不忙

在交际场合,往往大家刚一见面的时候就会做一个很简短的介绍,这个介绍一般都比较简略,速度也快,印象难以深刻。因此事先要对会见对象的单位、姓名、职务、人物特征等各方面的信息有个初步的了解,做到心中有数。这样,经过介绍后,印象就比较深刻。必要时,在同事落座或会谈、就餐前,再作一次详细介绍。有条件的,交换名片则更理想。总之,你一定要用心记住对方的基本资料,从而可以达到更好的交流效果,还可避免尴尬的场面。

3. 关注他的特点,记住他的名字

当别人给你介绍某人时,要用心留意观察被介绍者的服饰、体态、语调、动作等,要特别注意突出个性特征。对统一着装的人,要格外注意观察高、矮、胖、瘦、脸形、戴眼镜等,这有助于你在众多陌生人中记住他们的名字。

4. 主要人物,重点掌握

在一些比较大的社交场合,出席人员往往都比较多,在这样的时候,你可能很难一下记住在场所有人的名字以及相关的资料,那么你要做的就是首先了解主要对象(带队的负责人)和与自己对等的对象(指单位、所从事的业务、职务、级别与自己相同者),以便于随后的交流。现在,一般都不太讲究主客、主从关系的礼节,单从举止、座位的位置上判断是不准确的。如有的人把来客中的司机当成了经理,结果就闹出了很大笑话。

 ### 三、请和他这样说话

语言上的交流,是人们传递信息和情感,增进彼此了解和友谊的一种方式,但在交谈中想把话说好,把意思说明白却不是一件轻而易举的事情。要使交谈达到理想的效果,你就应该注意培养和提高自己的交谈技巧。只有掌握良好交谈技巧的人才能在交际场合做到游刃有余。

1. 跟他说些什么?

在社交场合中,如果能够找到一个很有意思的话题,就不会在交流的过程中出现太多尴尬。那么,在交往时如何打破沉默呢?我们能够做的就是就地取材,也就是

按照当时的环境觅取话题。如果相遇地点在朋友的家里,或是在朋友的喜宴上,那么开场的第一句话就可以用对方与主人的关系。例如"听说你和某先生是老同学?"或是说"你和某先生是同事?"这样一来,不管你问得对不对,合适不合适,都能够引起对方的兴趣。问得对的,可依原意进行,猜得不对的,根据对方的解释又可以顺水推舟,沿着对方的思路向下走,话头打开了接下来的事情就好办了。另外,赞美一样东西常常也是一种最稳当得体的开头话,谁都希望听到赞美的话,不管是不是跟自己有关。而且,你的赞美还会给别人带来一种你有爱心的感觉,那么他们就会喜欢上你这个人,接下来的交往也就顺利了。

2. 跟他怎么说话呢?

在社交场合,如果你能和陌生人持续谈上10分钟并使对方对你的话题产生浓厚兴趣,你便是很好的交际人物了。

要想成为一个成功的社交人士也并不是一件容易的事情,不过不论困难还是容易,要想在社会上立足就必须通过这层历练。只要肯努力,肯下功夫,做个不错的交际家也并非难事。"工欲善其事,必先利其器",虽然这句话已经有好几千年的历史,但是到现在仍然非常适用。你的利器就是自身的素质,平时注意充电,具有广博的知识、灵活的思维、风趣的语言,相信拥有了这些素质后一定可以成为交际场上的璀璨之星。

3. 说话要懂礼貌

礼貌是一个人必备的素质,与人说话的时候不做作,不苟言笑并不代表高贵,公司牌子大也不能目中无人。谈话的表情要自然,语言要和气亲切,表达得体。说话时可以适当做些手势,但动作幅度也不宜过大,更不要手舞足蹈,谈话时切忌唾沫四溅。加入别人的谈话时若有很多人在一起交流要先打招呼,别人在个别谈话,也不要随意凑前旁听。若有事需与某人商量时,应等别人说完后很有礼貌地征求对方同意后再开始。第三者参与谈话,应以握手、点头或微笑等方式表示欢迎。谈话中遇到有急事需要处理或离开的时候,应向谈话的对象打招呼说明情况,表示歉意。一般不要涉及疾病、死亡等事情,不谈一些荒诞离奇、耸人听闻、黄色淫秽的事情。不询问女性的年龄、婚否。不直接询问对方的履历、工资收入、家庭财产、衣饰价格等私人生活方面的问题。与女性谈话不说对方长得胖、身体壮、保养得好之类的话。对方不愿回答的问题不要追问,涉及的问题让对方反感的时候要表示歉意,并立即转移话题。一般谈话不批评长辈、身份高的人员,不议论东道国的内政,不讥笑、讽刺他人，也不要随便议论宗教问题。这些都是与人交往应该注意的最起码的礼节。

另外，要多使用礼貌语言，毕竟"礼多人不怪"如："你好"、"请"、"谢谢"、"对不起"、"打搅了"、"再见"，等等。一般见面时先说："早上好"、"你好"；分别时常说："很高兴与你相识，希望再有见面的机会。""再见，祝你周末愉快！""请代问全家好！"等。这样体贴温馨的话语能够让人感觉很温暖，让你在不知不觉中被人们接受，这就是礼貌的作用。

4. 发 E-mail 你也得上心！

如今，网络已经成为人们最常用的联系方式，几乎所有公司都拥有自己的电子商务、电子邮件、传真和移动电话等通信工具。当然人们在享受这些电子交际工具带来方便的同时，也必须面对它们带来的职场礼仪方面的新问题。发送电子邮件也有礼仪。例如传真文件应当包括你的联系信息、日期和页数。未经别人允许不要乱发传真，那样会浪费别人的纸张，占用别人的线路。如果注意到了这些细节，就会让对方感到很舒服，无形之中就会对你和你们公司更加信赖。当然关于电子邮件还要注意以下方面。

★ 慎重发邮件

电子邮件，尤其是涉及工作方面内容的邮件可以被看作是职业信件的一种，而职业信件中是不应有不严肃的内容，发邮件时一定要注意内容。

★ 小心写好内容

要小心写在 E-mail 里的每一个字，每一句话。因为现在法律规定 E-mail 也可以作为法律证据，如果对公司不利，千万不要写上，如报价等。

★ 信息要简洁

网络时代的人时间观念都很强，因此邮件的内容一定要尽量简洁，太啰嗦的邮件不仅不会引起别人的注意，还有可能损坏你在对方心目中的形象。

★ 地址要略去

因为对方知道自己的地址，写上感觉不太好，多此一举。

★ 考虑需周全

发送附加文件要考虑对方能否阅读该文件，重要的文件要特别标明，最好在邮件正文对附件的内容稍加说明。

四、道歉在职场

1. 道歉语言，文明规范

有愧对他人之处，宜说"深感歉疚"，"非常惭愧"。渴望见谅，需说"多多包涵"，"请你原谅"。有劳别人，可说"打扰了"，"麻烦了"。一般场合，则可以讲"对不起"，"很抱歉"，"失礼了"。

2. 知错就改，及时道歉

知道自己错了，就要尽快说"对不起"，否则拖得越久，越容易使人误解。道歉及时，还有助于当事人"退一步海阔天空"，避免因小失大。

3. 真诚检讨，大方得体

道歉绝非耻辱，故而应当大大方方，堂堂正正，不要遮遮掩掩。但是不要过分贬低自己，说什么"我真笨"，"我真不是个东西"，这可能让人看不起，也有可能被人利用、欺负。

4. 寄语物语，言述歉意

有些道歉的话当面难以启齿，可以写在信上寄给对方。另外也可以送上一束鲜花表示诚意。这类借物表意的道歉"物语"，会有极好的反馈效果。

礼多人不怪，但是什么事情都要掌握一个度，职场礼仪也有特点，如何正确使用礼仪大家一定要好好掌握，做个知礼守礼的人，不仅可以让自己保持快乐心情，提高工作效率，而且还会把欢乐与和谐带给身边的每一个人，这样你的成功也指日可待了。

毛遂三荐

MAO SUI SAN JIAN

——对成功有狂热的追求

你有过怀才不遇的感觉吗，你是否为没有佰乐相中自己这匹千里马而苦恼……有这些想法说明你还是一个对成功充满渴望的人，然而在埋怨的同时，有没有想过，其实主动权掌握在自己的手里，主动追求成功才会有机会。

为什么你没有机会，是因为你无法说服上司给你表现的机会，还是因为你的言辞不够表现力……原因很多，但是最重要的一条就是你对成功的追求不够狂热。抓住每一个展示自己的机会，亮出你自己，告诉老板自己多么希望得到那个机会，或许转机就在你的眼前。

自20岁起，毛遂就一直在这里工作了。

平原君府

吃饭了。

又是狗食一样的饭。

我们这些小职员，有口饭吃就不错了。

我要吃肉

为什么你们都这样对我？不给我一点机会。

现在有个机会，可是人家为什么要用你？

什么机会？

平原君要选一人陪他去楚国说服楚王派兵救赵。

我要去！我要去！

辗转反侧睡不着。

我要改变形象。

水变黑

…好脏

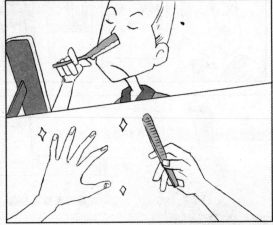

一切搞定,看我重会老板。

是不是哪个MM经过这里？

啊！这么有型，莫非是什么F4？

嘿嘿！老板，这下我有戏了吧？

只有帅是不顶用的。

那我问问你，你对楚国了解多少？

楚国的竹筒米天下第一，吃的时候最好拌上当地的肉酱……

唧唧歪歪，婆婆妈妈。

难成大事，让我和助理商量一下。

……

……

老板，不用商量了，选我没错的。

最烦人家乱插嘴了，来人，打出去。

毛遂没有放弃,他会以何种面目出现呢?

老板,毛遂又来应聘。

让他滚,我不想再见他了。

他说若老板不见,他就自刎门前。

性子倒是蛮刚烈啊!再信他一次。

这次好像很不同啊!

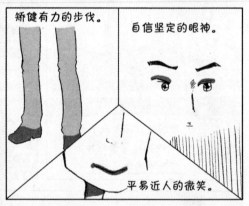

矫健有力的步伐。

自信坚定的眼神。

平易近人的微笑。

给人的感觉就像春天一样亲切。

不知道脑子是否依然空空！

毛遂，现在问你一个问题："树上有十只鸟，打死了一只……

老板，这个有多种可能：一、……，二、……，三、……

好渊博的知识，好敏捷的思维啊！

你对去楚国有什么建议？

老板，这是我的策划书。

对工作有热忱，行事还这么有计划，令人感动。

你OO声声说要去，给个理由先！

我是一支锥子，现在想要一个布袋，我要戳穿它来证明我的锐利，快给我布袋！

拜托，不要用这种眼神看着我，我答应你还不成吗？

就这样，毛遂终于说服了平原君，为自己创造了机会并一举成名，流下了一段佳话。

后记
HOU JI

作为一个领导者，最希望把每个任务都交给最合适的人来完成。如果一个人外貌整洁无可挑剔，会赢得第一份信任感，因为这至少体现了他的细心，而走路的姿势、说话的语气、面带的微笑则能从很大程度上反映他对自己的信心。没有信心的人，没有人相信他会成功。富有激情和热忱，并对成功有最狂热的追求的人，必然会得到领导的欣赏，他们无疑也是最接近成功的人。

对成功有狂热的追求

 一、天道酬勤

　　在这个世界上存在着两种人：一种是成天呆坐观望，空有理论而不去行动，等待馅饼自己从天上掉下来的"理论派"。这种人通常都爱幻想不劳而获。但他们最后往往会变得一无所有，下场凄惨。第二种就是对未来充满强烈的渴望，渴望用自己的努力达到某个目标的"行动派"。这种人就是像毛遂一样对成功具有强烈欲望的人，他们的行动能力强，肯为自己的目标全心全力的付出，并且一旦有了目标就会马上展开行动。

　　碌碌无为、慵慵懒懒不应该是生活方式，而是堕落的警示。每一个对未来充满希望的人都充满了对成功的渴望，因为有这种渴望，人们才能成功，历史才会进步。

　　如果一个人对自己的工作有着高度的热情，那么他就会为之投入所有的精力，想方设法把自己的工作做得更好，在他的心里没有什么是值得不值得的。虽然有时候不断地付出，却没有什么好结果，但是他们心里仍然很高兴，因为对于他们来说，最重要的是如何把自己的事情做好，勤勤恳恳地工作才是正事。

　　24岁时的马琳虽然年纪不大心却不小，年纪轻轻已经胸怀大志，在她的服务中心里，从老板到员工总共只有一个人，就是她自己。后来，她替几位从事模特儿工作的朋友负责联络事项时，觉察到中介这个行当里面会有更多的赚头。于是，她便又奋不顾身地开始了中介服务。属于自己的模特中介公司开张以后，她经常一天工作13~14个小时，再苦再累总有一种潜意识支撑着她，那就是对成功的狂热渴望，所以她好像拥有用不完的精力。

　　所谓天道酬勤，一分耕耘，一分收获，她的努力总算没有白费。公司创立不过8年的时间，每年所得利润就平均高达120万美元。马琳在谈到她走过的艰难的经营历程时，这样说道："自己的命运要自己开创，坐在家里等待机会的到来，是最傻的事情。要想获得什么东西，就必须马上开始付诸行动，哪容得你东想西顾地考虑。反正，只要你想到要做什么事，就一定要有无论怎样都必须去完成的精神。"的确，想到就去做,不要有那么多的顾虑,世界的变化非常快,机会转瞬即逝,根本就不会为你的犹豫驻足。机会是给那些有热情有梦想的人准备的,把握机会追逐梦想才能获得真正的成功。

作为新员工,你最应该做的就是拿出全部热情去做好本职工作。没有什么比想要成功的欲望更能帮助你在职业生涯中获得成功了,老板往往欣赏"想要成为将军"的员工,而不喜欢那些不求上进、碌碌无为的人。"不想当将军的士兵不是好士兵",那么不渴望成功,不肯付出辛勤劳动的员工,又怎么会是一个好员工呢?

 ## 二、把工作当成一种生活方式

如何在工作中保持旺盛的精力,如何将对成功的狂热追求坚持到最后,主动权掌握在我们自己的手中。我们是为了实现自我价值在做事,工作只是我们实现自我价值的一个手段。真正在事业上取得成功的人,他所想的只是对自己工作的热爱,有的只是自己一定要尽自己最大的努力把事情做好,真正在心态上做到视工作如生活的人才是真正的成功者。

大家对齐瓦勃这个名字可能不太熟悉,但是他的故事却可以给我们很多启示。齐瓦勃出生在美国的一个小乡村,从小到大没有上过像样的学校,更别说去哪个名牌大学镀金了。一个偶然的机会,他来到"钢铁大王"卡内基所属的一个建筑工地打工。从踏进建筑工地的那一天起,齐瓦勃就抱定了成为最优秀员工的决心,并悄悄地努力着。当其他人在抱怨活儿累、挣钱少而消极怠工的时候,齐瓦勃却在尽心尽力地干好自己的本职工作,在工作中默默地积累着建筑经验,并利用工作之余的时间自学着建筑知识。他从不管自己得到了多少好处,获得了多少工资,只是埋头做自己该做的事情。每天晚上,当工友们都在消遣或者闲聊时,齐瓦勃总是一个人躲在角落里静静地看书。一天晚上,公司经理到工地检查工作,发现了这个与众不同的青年。经理看了看齐瓦勃手中的书,又翻开他的笔记本,什么也没说就走了。不久,齐瓦勃就被升任为技师。得到了提升的齐瓦勃并没有因此满足,而是更加努力勤奋地工作,并抓住每一个学习的机会充实自己,终于站到了公司总工程师的位置上。25岁那年,他成为这家建筑公司的总经理。卡内基的公司有一个天才的工程师兼合伙人琼斯,在筹建公司最大的布拉德钢铁厂时,发现了齐瓦勃超人的工作热情和管理才能。当琼斯问齐瓦勃为什么每天都最早来到建筑工地时,他回答说:"只有这样，当有什么急事的时候，才不至于被耽搁。"工厂建好后，琼斯毫不犹豫地提拔齐瓦勃做了自己的副手，主管全厂事务。两年后，琼斯不幸在一次事故中丧生，齐瓦勃便众望所归地接任了厂长一职。几年后，齐瓦勃又被卡内基任命为钢铁公司的董事长。

年纪轻轻的齐瓦勃为什么可以如此成功？原因就在于他有成功的渴望，并把不断进取当成了人生中最重要的工作。渴望成功是每一个踏上工作岗位的人都应该树立的信念，追求成功，把工作当成日常生活，相信你也可以拥有属于自己的成功。

三、看准目标，狂热地追求

拥有全国政协副主席、中国科学院院士、中国工程院院士、第三世界科学院院士、北大方正控股有限公司首席科技顾问等头衔的王选，是汉字激光照排系统的发明者，他推动了中国印刷技术的第二次革命，被人们尊称为"当代毕昇"。在一次记者的采访中，有人问他："作为科技带头人，您的人生目标是什么？"他说："狂热地追求，看准了目标，永不回头。"当记者问到老先生从何时开始了这种狂热的追求的时候，老先生很认真地回答道："从从事软硬件研究起，从研制激光照排项目起，就开始了。激光照排的价值、它对未来可能产生的影响以及对中国印刷业的这种根本性的革命所带来的前景，把我深深地吸引住了。我几乎放弃了所有的节假日，我没有时间休息，没有时间陪家人，没有时间做一切工作之外的事情，身心已是极度疲惫了，但是我没有放弃，累、苦，我都可以忍受，也不知道为什么，就是觉得有那么个信念吧！……我想，一个有成就的科学家，他最初的动力，决不是想要拿个什么奖，或者得到什么样的名和利。他们之所以狂热地去追求，是因为热爱和一心想对未知领域进行探索的缘故。"王选老先生的话说得非常精辟，对于渴望成功的人来说，热爱就是取得成功的秘诀。

一个人如果急切地渴望成功，渴望给自己的事业一个辉煌的明天，他就会使出浑身解数，不断去挖掘自身的潜能。一个对成功有着狂热追求的人，一定是一个有自信的人，是对生活抱着积极乐观态度的人，是为了理想而不懈奋斗的人。

愚公移山 实录

YU GONG YI SHAN SHI LU

——等待者没有明天

"虽然行动不一定能带来令人满意的结果，但不采取行动就一定没有任何结果。"这是微软总裁比尔·盖茨告诫年轻人的，作为刚刚涉足社会的新人也应该牢记这个教诲。可能你有很多想法，可能你对自己的未来做过很多美好的规划，可能在你的想象中未来的一切都应该是美好而且实际的，但是任何美好愿望的实现都需要一种重要的催化剂，那就是行动。

岳飞在《满江红》中以一句"莫等闲，白了少年头，空悲切……"说明了等待会带来无奈与失落，等待会错失良机，等待会一事无成，等待者没有明天。

高高的山后，是愚公生活的地方。

二狗，你干吗呢？

村长

出山给媳妇买根针。

买针？干吗带那么多吃的？

山这么高，我不多带点吃的，爬到半山不就饿死了。

看来这山真是严重影响了人们的生活啊！

今天准备商量一下关于王屋山的问题,大家有没有好主意。

智叟

我觉得我们应该利用机械,挖出一个隧道。

愚公

我想把整座山搬走。

说来听听?

我可用担子和筐,把它挑到东海去。

这也叫主意?!

你IQ这么低,想到这份上也不容易了。

其他人还有没有办法?

……

一年时间,你们两人谁的进展最大,我们就全力支持他。

121

分解目标，有序完成。

他叔，干吗老跟自己过不去。

我就～只～喜欢～

愚公

愚山筹备会

看我把一切准备好，打他个落花流水。

灵感……

灵感

大傻、二傻，明天一起去吧！

爹，你自残也就算了，别害我们这些小孩子。

别那么没志气，简直不像我儿子。

信心是从行动中来的，不行动，肯定会觉得一切都难以实现。

爹好像说得很有道理啊！

再信他一次吧！

还算没傻到无药可救。

看着大海被我们运的土石弄得日渐浑浊,我就觉得我们还是有成绩的。

是啊,是啊!

保护海洋 人人有责

智叟

终于设计好了,简直太完美了!

好像有点毛病。

智叟

Yeah!只要有电,这个机器会很轻松地把一切搞掂。

爷爷!什么是电?

就是啊,我们这里好像没有电啊。

又失败了?

123

半年过去了,山只移走了一点点,地却填了好几亩。

哇!这菜是从海边采回来的吧?好嫩啊!

想要吃,就拿去吧!我家多着呢!

我为什么就不能靠填海给自己留块地来呢?

于是,越来越多的人加入到了愚公的行列。

结果是很明显的,老愚,你要我们怎么帮你?

让大家多生点孩子好啦。

这么有创意,为什么不考虑等我智叟发明了电……

有没有搞错?电要两千年后才能发明啊?

再好的创意,不加执行,也是没有结果的。

一天，人们突然发现，
海被填平了。

愚公的坚持终于有了结果，
山也被铲平了。

保护海洋
人人有责

从电的不存在论搬走王屋山的不可能

只有智叟还是那么
顽固……

后记
HOU JI

等待没有明天，成功不会自己降临，只有行动才是唯一可靠的手段，不要幻想等到一切都准备好了再去执行。像智叟一样，我们经常在脑海里推演着成功与失败，事实上我们什么都没有做，只是在无聊地等待，寄希望于虚缈的幻想，这是一种深层的懦弱，与我们想要的明天渐行渐远。所以，不要等待明天，可利用的只有今天，行动起来，尽力向前。实现你的创意，坚持你的选择，这样就没有什么会被你错过。

等待者没有明天

有些人总是在抱怨老天不公，命途多舛。为什么别人就能够有那么好的机会，而自己却没有呢？为什么自己就永远这么平凡呢？为什么他的计划没有自己的好而他却能成功呢？为什么美好的计划总是无法实现，到现在还是一张废纸呢……每个人的机会都是均等的，因为没有什么命运，生活仅仅只是生活，未来你已经规划好了，但是明天却没有到来。只有理论没有行动就永远无法成功，就像故事中的智叟一样，即便有再深的理论，再多的推理还是没有任何的效用，行动才是取得成功最有效的方法。

一、行动，行动起来吧！

人们经常说"机遇只垂青于那些有准备的人"。想成功的人，时刻准备着，准备着质的飞跃，准备着用迅速的行动抓住成功。一个人若想获得机会，就必须采取行动，创造机会，而不是等着别人用银盘子把机会送到面前。

先来看一则故事。一天早上，日本狮王牙刷公司的职员加腾信三在刷牙时，不小心被牙刷弄破了牙龈。于是他便与同事们开始研究如何避免牙刷伤及牙龈的问题：牙刷毛改为柔软一些的；刷牙前先用热水把牙刷泡软；多用些牙膏；慢悠悠地刷牙……很多方法他们都试了，但是效果都不太理想。通过进一步地观察研究，他们发现牙刷毛的顶端并不是尖的，而是四方形的，棱角很多，所以会很容易划伤口腔内娇嫩的皮肤。加腾信三想，把它改成圆形的不就行了嘛，于是他们就着手进行改进。经过无数次实验后，他们向公司提出了把牙刷毛的顶端改成圆形的建议。公司接受了这一建议，并把这种牙刷作为高新产品进行推广。改进后的狮王牌牙刷因为更加人性化，销路极好，销售量占全国同类产品的30％～40％，连续畅销10多年。

在这个故事里，机会就潜藏在牙刷毛里。可能有很多人都曾发现过这一问题，但是机会从他们的懒惰中悄悄离开。而加腾信三不仅发现了问题，还通过思考解决了问题,那么机会就被他牢牢抓住了。如果他和所有人一样只是抱怨,发发牢骚,相信成功女神也不会青睐他的。

很多人对于自己的平凡、默默无闻,给出的唯一理由就是自己没有机会。其实,机会是自己努力得到的,任何人都有机会,只是有些人善于发现并把握机会罢了!

同样是刚走出象牙塔的大学生,下面这个故事里的主人公显然是发现了机会,并牢牢把握住了它,成功也就如约而至了。

某音乐学院的一个大学生,被分配到某企业的工会做宣传工作。他开始很苦恼,认为自己所学的专业才能与现在的工作不对口,在这里长期干下去,不但自己的前途会被耽搁,而且时间长了,自己的专业也有荒废的危险。但是他没有消沉,他要在这个工作岗位上改变"英雄无用武之地"的状况。当时公司刚从低谷走出来,正准备进一步发展,这需要增强员工自我肯定、自我鼓励的意识,更需要大张旗鼓地宣传企业形象,提高产品的知名度。于是他找到单位工会主席,提出了自己要为企业筹建乐队的想法,并得到公司领导层的支持。他开始跑基层、找人才、买器具、设舞台、办培训,不到半年的时间,乐队就已经初具规模。两年以后,这个企业乐团的演奏水平已经达到全市一流水平,完全可以与专业的乐队相媲美,而他自己也成了全市知名度较高的乐队经理。通过自己的努力,他不仅完全改变了自己所处的环境,化劣势为优势,也施展了自己的专业才能,还提高了领导才能,这为他以后寻求更大的发展奠定了更加坚实的基础。

同样是新人,这名大学生通过自己的努力,通过机会的创造和把握实现了自我价值,这就是踏实苦干的效果,这就是善于把握机会的表现。

成功的人都是善于创造机会的人,聪明的人不等待"好心人"送来机会,而是主动扑向机会,从机会中打捞自己想要的"黄金"。就像赛跑一样,只有充分地准备,瞅准时机的冲刺才会冲到最前面,获得成功。

 二、实干路上机会多!

追求成功的道路上需要不断地付诸行动,行动背后靠的是坚韧不拔的实干精神。实干精神是造就强者的源动力,也是一个弱者成为强者应该具备的品德,如果你在工作上勤勉努力,并且把实干变成一种习惯,你会一辈子从中受益。

相信大家都知道美国历史上著名的总统林肯先生,他的经历给了我们太多的启示，最重要的一个方面就是他具有实干精神。林肯年轻时住在一所极其简陋的房屋里，没有水，没有电，没有窗户，也没有地板，用今天的居住标准看，他简直就是生活在荒郊野外。他的住处距离学校非常远，由于贫困，一些生活必需品都很匮乏，报纸、书籍对他来说可以算是奢侈品了。然而就是在这种情况下，他每天都坚持不懈地步行二三十里路去上学。为了能借几本参考书，他不惜走一二百里路。到了晚上，他靠着燃烧的木柴发出的微弱火光来阅读……林肯只受过一年的正规学校教育，但他勤奋努力、踏实肯干，最终成为了美国历史上最伟大的总统之一。林肯的成功不是偶然，而是他艰苦努力的必然。拥有实干精神的人会得到生活的格外垂青，成功也会更容易和他交上朋友。

　　说得好，不如做得好。那些不断被提拔晋升的员工，或许能力并不如你，老板之所以给他发展的机会，就是因为他的勤奋努力和踏踏实实做工作的态度。机会是长眼睛的，机会是公平的，它只会光顾那些为了实现梦想付出了汗水与智慧的人。只有努力实干的人，才能创造出不断发展的机会，才能让人生价值在成功的终点得以最完美的体现。

傻瓜汉斯 的艳遇

SHA GUA HAN SI DE YAN YU

—— 抓住细节，抓住成功的七寸

　　新入职场的你是否雄心勃勃，满心期待，看到别人的成功，你是否认为只要自己努力就可以获得成功？但是做事业并没有你想像得那么容易，真正成功的人靠的是缜密洞察的思维，事无巨细的认真，还有对成功脉搏的牢牢掌控。这些都是每一个成功人士应具备的优秀品质，如果你想成功就必须学会抓住细节。

　　无数失败的案例告诉我们：任何一个细微之处的疏忽，都有可能葬送所有已经付出的努力。傻瓜汉斯和两位优秀的哥哥一起出发去参加公主的征婚，谁将最终抱得美人归呢，请看下面的故事……

很久很久以前，德国北部的森林里，有一户人家。这家有三个儿子，老大、老二聪明异常，只有老三汉斯呆头呆脑……

这家的大儿子熟读《圣经》，会背三年内的所有报纸上的内容。

这家的二儿子精通武艺，熟悉法令。

家里穷着呢，正缺一有钱的儿媳妇！让他们去试试，说不定……

二人准备前去应征。

爹，我也去！

汉斯，说过多少次了，不要叫我爹，我没有你这个白痴儿子！

爹，不要那么粗暴，吓到人家了。

那家里也没有其他车啦，奔驰和奥迪都被你哥骑走了。

有了，我可以骑劳斯莱斯。

我就是劳斯莱斯！

看，我拾到了一个宝贝。

一只死鸟而已，什么宝贝……

我们德国没有这种鸟，它一定是贵族养的宠物呢！

大哥，二哥，我运气真好！又拾到一个宝贝。

拿出来看看。

这也叫宝贝？！

这么精巧秀气的鞋，不是平凡人物穿的呢。

经过长途跋涉,三人终于到达了京城。

喂,兄弟,拿那个号码牌干吗?

来应征的人太多了,要领牌子按次序进场的。

像排队这种粗活呢,我看就不必我去干了。

嘻嘻

嘻嘻,他这样的人我一个能打他八个。他也配背着剑。

一场决斗要开始了。

广场斗殴者,驱逐出城。

不要啊!我还没见到公主呢!

Oh, Yeah! 牌来了!

222

Come on, give me!

好像只有自己去领才可以啊。

唔……为什么不早说……

汉斯终于见到了公主。

人家都说国王有钱,怎么连个鞋也买不起。

小子心挺细,其他的人连我没穿鞋都没发现。

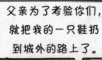

父亲为了考验你们,就把我的一只鞋扔到城外的路上了。

这只你可不可以穿?

呀! 这是我的鞋子啊! 我又可以穿鞋了。

穿鞋也这么快乐吗?

好美啊!

公主,不要死!

喂,谁说我要死了,只是饿了一点而已。

公主也会饿晕?

人家只吃从国外进口的鸟肉嘛,可鸟也被父王扔到了郊外。

是这个么?

多么温柔体贴的GG啊!

就这样，傻瓜汉斯得到了公主的垂青，变成了一个威风八面的驸马。

喂，有没有搞错，那个家伙是个傻瓜啊！……

后记 HOU JI

中国人说过一句话叫做："一屋不扫何以扫天下。"确实如此，一个人连小事都懒得干，又怎会放心让他干大事？在当今社会上，随着文化教育的发展，越来越多的人才涌上市场，同质化现象严重，这种情况下，只有心细且不羞于做小事的人才可能脱颖而出。

注重细节，首先要把一些"小事"做完美。刚走出校门的大学生，千万不要很自大地认为自己是"做大事、挣大钱"的人，而不屑于去做小事。其实，去做小事完全不是"人在屋檐下，不得不低头"的无奈，相反，这是成长的必经之路。只有认真做小事，才能培养出踏实的做事习惯，这也会使你终身受益。

注重细节，不仅要善于发现细微之处的机遇，更要行事谨慎，以防"万里长堤，溃于蚁穴"。所以，在职场中也要注意一些"小节"：

1）永远不要在背后批评他人；

2）说话时尽量用"我们"；

3）遇事多想三分钟；

4）不是自己功劳，千万不要强占；

5）主动向 Boss 汇报你的工作情况。

抓住细节,抓住成功的七寸

一、小处见大,细处见精

什么是人性中最薄弱的环节,什么最容易让人流露内心真实想法,答案是细节。一个很小的动作,一句很平常的话就可以暴露出一个人内心真实的想法。所以说,日常生活的琐碎细节,就是一个人的本质的自觉流露。细节往往容易被忽视,然而正是这些细节把人的言谈举止反映得更客观、更全面。要注重细节的培养,就要从生活中的小事开始。

有人说做大事者应不拘小节,千万不要错误地理解这句话,它的意思并不是说干大事的人不用注意细节,而是不在那些无伤大雅的琐碎事情上浪费时间,浪费精力。真正成就大事的人非但不会忽视生活中、工作中的细节,甚至会对这些细节看得非常清楚,因为只有关注细节、思维缜密的人才会更容易取得成功。

一位条件很好的小伙子,经人介绍认识了一个相貌平平、能力一般的女孩。然而第一次见面后,小伙子就立即决定和那个女孩继续发展。小伙子讲了自己的理由:当他们看电影的时候,那个女孩吃完了手中的冷饮,但是,她把包装纸始终拿在手里,直到走出影院才投进垃圾箱。她做得非常自然,不像是故意做出来的。就这样一个细微的动作足以体现她全部的优点,足以证明她是一个有着良好教养的女孩,就这样一个细节足以证明他的选择是不会错的。可能这个女孩

塞缪尔·斯迈尔斯有这么一句名言:那些真正伟大的人物从来不蔑视日常生活中的各种小事情,即使常人认为是很卑贱的事情,他们也都满腔热情地去干。这是大人物对细节的看法。国内某大学的校园留言板上曾经有这么一个帖子:像野猪一样勇往直前,像狮子一样统帅一切,像黄牛一样勤勤恳恳,像小猫一样不受他人左右,像警犬一样与众不同,像猴子一样机动灵活,有时还要像梅花鹿一样小心谨慎,只要完全具备以上几种品质就可以在社会上无往不胜。其中"像梅花鹿一样小心谨慎"说的就是细节的重要。

成功的人之所以会成功原因很多,但是注重细节却是最基本的一个。

子还不知道一个细节成就了他们的一段美好姻缘，但是看到这个故事的你是否应该记住，对于细节的敏感不仅仅体现在婚姻恋爱的选择上，在工作中也是这样的。要想在工作中做出成绩，实现自我价值，得到老板的赏识、同事的尊重、客户的信任，一定要注意学会在细节处下功夫。

二、细节的魅力

通用汽车公司收到一个客户投诉："每次我从商店买完香子兰冰淇淋回家，汽车就启动不了。但我买其他种类的冰淇淋，车启动得很好。"通用公司对这封信提到的现象感到迷惑不解，便派了一个工程师去查看。晚上工程师与车主开车去冰淇淋店，也是买香子兰冰淇淋，返回时，车启动不了。工程师又去了三个晚上。第一个晚上，车主买的是巧克力冰淇淋，车启动了；第二个晚上，买的是草莓冰淇淋，车也能启动；第三个晚上，买的是香子兰冰淇淋，车启动不了。工程师说什么也无法相信这部车对香子兰冰淇淋过敏。于是他开始细心盘查希望可以找到蛛丝马迹。每次他都做记录，写下各种数据。几天过去后，他发现了一点线索：车主买香子兰冰淇淋的时间比买其他冰淇淋所花的时间要短。因为香子兰冰淇淋在当地很受欢迎，店主就分箱摆在货架前面，很易取到。买冰淇淋花的时间短，汽车停留的时间也就相应变短。问题就变成了：为什么车停很短的时间，就启动不了？工程师进一步思考找到了问题的答案：不是因为香子兰冰淇淋而是因为汽锁使汽车启动不了。每天晚上买其他冰淇淋就需要额外一段时间，而这段时间可使汽车充分地冷却以便启动。而当车主买完香子兰冰淇淋时，汽车引擎还很热，所产生的汽锁耗散不掉，因而汽车启动不了。原因找到了，问题也就解决了。工程师非常注重细节的发现最终解决了车主的困惑，如果他没有关注那些细节，仅仅把汽车对香子兰冰淇淋的气味"过敏"当作结论，岂不是会闹出笑话。

细微的破绽可能导致重大的失败，一定要考虑周全，不可忽略任何细节。1986年美国的哥伦比亚号航天飞机就是因为一个小垫圈质量出问题而导致航天飞机爆炸失事的。由此可见细节多么重要，因此只要我们把每一个细节都把握好了，那么成功就是理所当然的事情。

三、千万不要小看做小事

荷兰著名科学家万·列文虎克是农民出身。初中毕业后,万·列文虎克到当地小镇上找到了一份看门的工作,他在这个岗位上一呆就是60年,中间没有换过一次工作。看门的工作比较清闲,他便把打磨镜片当作自己的业余爱好。磨呀磨,一天一天地磨,一年一年地磨,锲而不舍,一磨就是60年。在打磨镜片的时候,他非常专注而且细致,在不知不觉中他的技术已经超过专业技师了,他磨出的复合镜片的放大倍数,比专业技师们的都要高。借着研磨的镜片,万·列文虎克发现了微生物世界。从此,他名声大振,只有初中文化的他,被授予巴黎科学院院士的头衔。就连英国女王都到小镇来专门拜会他。万·列文虎克老老实实地把手头上的每一块玻璃磨好,用尽毕生的心血来做一件小事,终于他在小事里看到了成功,科学也在他的小事里看到了更广阔的前景。

所以,大家千万不要小看做小事,不要讨厌做小事,只有做好了小事才有可能做好大事。在办公室里别人不愿意给大家端茶倒水,你去做并且做出水平来;别人不愿意洗刷马桶,你就去做并且洗刷得明亮;别人不愿意为下阶段的工作做准备,你就多做准备以备万一;别人不愿意付出辛苦,你就多付出并且毫无怨言。别人不愿做的事情,你愿意去做;别人不想做的事情,你愿意去做;别人做不好的事情,你愿意去做。其实想要成功很简单,那就是努力去做别人不愿意做的小事并在做小事的过程中找到做大事的钥匙,那么成功的大门就会被你轻易地打开了。

四、生活细节,多加留心

与人相处,不要小瞧打招呼这件小事。心与心之间的轴要想转动起来,最初的方法就是打招呼。

1917年1月4日,是蔡元培先生担任北京大学校长的第一天。这天一大早,一辆四轮马车就缓缓驶进了北京大学的校门,校园内的马路早有工友恭恭敬敬地站在两侧,向他们的新校长鞠躬致敬。蔡元培见此情景,赶忙走下马车,摘下他的礼帽,向这些杂工们鞠躬回礼,和他们亲切地打招呼。在场的人都惊呆了:校长和工友打招呼、鞠躬回礼在北大是前所未有过的事情。北大是一所等级森严的官办大学,校长拥有内阁大臣的待遇，历任校长从来就不把工友放在眼里。今天的这位新校长怎么给人的感觉是那么的不一样。下车、脱帽、鞠躬，简单的几个动作就赢得了工友们对他的尊重与认同，在以后的工作中他们更有拼劲，觉得能为这样的校长工作是他们莫大的荣幸。

像蔡元培这样地位崇高的人向身份卑微的工友行礼，在当时的北大乃至中国都是罕见的现象。这不是一件小事，北大的新生就是由此细节开始，蔡元培带给北大的不仅仅是一个细节，还有一场改革的春风。这就是一个细节的力量，你还能说细节不重要吗？

在与人交往的时候，言谈举止都是内心世界的反映。得体的举止、恰当的言谈，这些都是最根本的细节，平时稍加注意就会让别人对你产生很好的印象，这对你的工作和生活都有很大的帮助。

但是并不是所有的人都注意到了下面这些细节，对照一下，自己如果存在这些恶习，尽快改正，别让细节影响成功。

(1) 自鸣得意的态度、傲慢的态度、不屑的态度

这会伤害到交往对象的自尊心，人与人都是平等的，当别人和你友好地交谈的时候，这样的态度显然是不可取的。

(2) 不稳定的态度

说一些没有自信心的话，怎么让别人信任你；"我不能确定""这不好说""我觉得""我自认为"等等诸如此类让人觉得不可信的话还是不出现为好，否则你的老板、你的客户会觉得你无法信任，没有了别人的信任，成功从何谈起。

(3) 卑屈的态度

人际交往的时候应该保持不卑不亢的态度，过分卑屈会被视为傻瓜、无能，会让人低估你的实际能力以至被人看不起。降低自己，过度热衷于取悦别人，也会让人看不起。如果你自己都在一直强调自己不行，谁还敢把工作交给你做。

(4) 冷淡的态度、倔强的态度

你的冷漠会使人感觉不亲切，缺乏投入感，态度过于严肃，老是一副拒人于千里之外的样子，就算别人有什么好事想对你说也会吓得退避三舍。

程门立雪 别传

——真诚,做人的根本

　　以诚相待是相互的,你希望别人真诚地对待你,你就要真诚地对待别人。

　　要始终把"诚信为本"作为做人、做事根本。与人相处时,尽最大的努力体现诚意,不能做表面文章,阳奉阴违,这样做的结果只会适得其反,惹人反感,甚至失去别人对你最起码的信任。在以后的相处中,你会因此付出更大的代价。因此想要对方从内心信任你,靠虚假的花招,空头支票式的承诺,是行不通的。要想在社会中有一席之地,就必须学会真诚。

杨时从太学院新闻系毕业，前去一家出版社应聘。

唉！这位老板长得真是不凡哪！

面试官

什么啊？

一对眉毛又粗又长，长在眼睛之上，两只耳朵，又圆又大，生在脑袋两边，真是美不胜收啊。

好像说得蛮对哦，这么有眼光。

看你面带红光，今天一定有喜事喽？

没有啊？

我是太学院四才子之一，前来辅佐你，不是一喜吗？

哼，老是抢我的镜头，到现在还没轮到我开问！

你有什么能耐？说来听听。

如果你用我，我立马把畅销作家程颐给拉过来。

他一直嫌弃我们出版社出版低俗读物，根本不肯合作。

我不仅要他合作，我还要他亲自来写书。

可能吗？

死马权当活马医，信你一次吧！

杨时成功进入出版社，开始履行自己的诺言，去游说程颐跟自己合作。

程府

你是程老的Fans吧，他今天没空。

我是来指正他错误的。

不过,我有一个小小的要求。

什么啊?

我们出版社要求和你合作出书。

哪家出版社?

×××出版社

看在你这么年轻有为,我答应你吧!

yeah.搞掂!

那你希望是哪方面的书呢?

你看,当今社会一些孩子不像话,上什么黄色网站、关心一夜情,你写本书批判一下如何?

我这么大年纪,不太合适吧?

只有这样才有说服力嘛!

我尽力而为吧!

几个月后，一本署名程颐的《我与少女不得不说的几件小事》一书风靡大江南北。其实此书并非程颐所写。

为什么会这样？

你还在装蒜,他要告我侵犯名誉权,还要我盖什么中心。

你自己闯的祸自己去搞掂吧！要不然大家一起死。

是……

杨时决定去跟程颐道歉谈判,挽回局面。

147

大叔，莫生气嘛！人生在世，难得糊涂。

我一世英明全毁到他手里了，现在人家都还以为我是什么人呀。

春去秋来，程颐就是不见杨时。

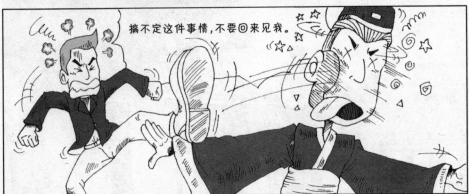

搞不定这件事情，不要回来见我。

同事也这样看我！

这次一定要见到程老。

雪下这么大，太夸张了吧？

程颐家门口，杨时已被雪覆盖，变成了一个雪人。

149

※ 后记 ※ HOU JI

程颐终于被感动了,他撤回了诉讼,这就是著名的"程门立雪别传"的故事。但杨时要想在职场上恢复信用,恐怕还有很长的路要走,对此,程颐不计前嫌,提了几条建议:

与人交往时对于许诺,一定要慎重。不要轻易许诺,更不要许无法完成的诺言,那样如果自己无法实现,则会严重损害他人对你的期望和信任。

人与人之间的关系是有机的,发展的。不要犯小农式的错误:"能骗时疯狂行骗,然后翻脸不认人。"这样只会使自己交际圈越来越狭窄。

不要认为自己为了公司或者同事的利益而失信就是正当的。人的每一种举措都是和个人品格紧密相连的,即使你这次给老板骗来了500万的订单,他也不会高兴的,因为他害怕你下次骗走他1000万。

真诚，做人的根本

 一、曾巩真诚待友

宋朝大诗人曾巩，几乎无人不知，无人不晓，这不仅仅是因为他的诗作名扬天下，还因为他坦率的性格和真诚的品质。根据史书记载，他和宋代的大改革家、著名文人王安石在年轻的时候就是非常要好的朋友。有一次神宗皇帝召见曾巩，并问他，"你与王安石是布衣之交，王安石这个人到底怎么样呢？"他连想都没有多想就对皇帝说："王安石的文章和行为确实不在汉代著名文学家杨雄之下；不过，他为人过吝，终比不上杨雄。"宋神宗听了这番话，感到十分的惊异，又问道："你和王安石是好朋友，为什么这样说他呢？据我所知，王安石为人轻视富贵，你怎么说是'吝'呢？"曾巩回答说："王安石勇于作为，而'吝'于改过。我所说的'吝'乃是指他不善于接受别人的批评意见而改正自己的错误，并不是说他贪惜财富啊！"宋神宗听后称赞道："此乃公允之论。"曾巩的真诚体现在他的坦率，敢于说出自己内心的真实想法，因此他不仅赢得了宋神宗的欣赏，更加深了与王安石的友谊。

 二、真心诚意，温暖人心

在人们的日常生活过程中，经常对别人说两句关心的话不难，难的是要真心诚意地关注别人的生活，真心实意地想朋友所想，急朋友所急，这样的真诚不

关于真诚，中国历史上的很多仁人志士、诸子百家都有过精辟的论断，孔子说："己所不欲，勿施于人。"孟子说："爱人者人恒爱之，敬人者人恒敬之。"甚至连老百姓当中都留流传着这样的说法"投之以桃，报之以李"、"你敬我一尺，我敬你一丈"。这些道理或深邃、或简练，但是所有的理论都说明了同一个道理，那就是真诚的重要性。让我们来看一下曾巩真诚待人的故事，或许会让你对真诚的内涵有更加清醒地认识。

仅实实在在，更可以在一点一滴的生活中温暖人心。真诚对待朋友、对待生活，这就是成功人士的成功之道。

美国总统提奥多·罗斯福是个非常受欢迎的人，连他的仆人们都是他的超级粉丝。罗斯福的黑人男仆詹姆斯·亚默斯，写了一本有关罗斯福的书，取名为《提奥多·罗斯福，他仆人的英雄》。在他的书中，亚默斯讲了一个总统先生为什么那么受人欢迎的故事。"有一次，我太太问总统关于一只鹑鸟的事。她从没有见过鹑鸟，于是他就详细地描述了一番。没多久之后，我们小屋的电话铃响了。我太太拿起电话，原来是总统本人。他说，他打电话给她，是要告诉她，她窗口外面正好有一只鹑鸟，又说如果她往外看的话，可能看得到。他经常会做出这样的事情，让我们真的很开心很感动，感到自己受到了重视。罗斯福从总统的位子上退下来以后，有一天到白宫去拜访自己的继任者，碰巧总统和他太太不在。于是他就一个人在自己曾经工作过的地方游览了一番，这个过程中他不时向白宫的旧仆人热情洋溢地打招呼，一个人的名字也没有叫错，他甚至把厨房里帮厨的小妹妹的名字都毫不含糊地叫出来了。书中这样写道："当他见到厨房的欧巴桑亚丽丝时，就问她是否还烘制玉米面包，亚丽丝回答他，她有时会为仆人烘制一些，但是楼上的人都不吃。""他们的口味太差了，"罗斯福有些不平地说，"等我见到总统的时候，我会这样告诉他。"亚丽丝端出一块玉米面包给他，他一面走到办公室去，一面大口大口地吃着，同时在经过园丁和工人的身旁时，还不忘记跟他们打招呼……

这就是可爱而又受人尊敬的罗斯福总统真诚待人的方式，真诚的品质往往是大人物必备的，因此想要成功就要具备这种品质。

有的人对真诚待人抱怀疑或否定态度，理由是：我真诚待人，别人若不真诚待我，那我岂不是很傻、很吃亏么？这一点我们必须承认，现实生活中的确有一些这样的人：虚伪、狡诈、阴险，一肚子坏心眼。但是，大家也要知道这种人在生活中毕竟是极少数的，当他们丑恶卑鄙的嘴脸完全暴露以后，就会受到众人指责和唾弃，并被自己所属的那个群体厌恶和排斥。他们自己一定也不会有真诚的朋友。所以说，当我们的善良和真诚被心怀叵测的人们愚弄之后，吃亏更多、损失更大的并不是我们自己，而是伤害过我们的人。社会是一个利益共同体，人是一切社会关系的总和，每个人必须借助别人的力量才能生存下去，实现自己的价值。真诚，是一种源于内心的真正的交流。它没有一个固定的模式，只要你真诚地对待别人。同时你也会收获别人对你热情的反馈。

孙膑 复仇记

SUN BIN FU CHOU JI

—— 不嫉妒，我会更卓越

　　人在职场打拼，总要与不同类型的人相处共事，因为人与人之间在能力、职务等很多方面都有或大或小的差距，因此嫉妒便在日常生活、工作当中滋生了。

　　每个人都会产生嫉妒的心理，这是一种病态的情绪，它不仅可以使自己的人际关系紧张，还会破坏平衡的心态、降低工作效率。

　　历史上有很多故事都在证明着同一个道理：嫉妒让人丧失理智，甚至做出一些过激的事情，最终导致严重的后果。中国古代最伟大的军事家之一的孙膑对此深有体会……

只有我一个人及格了，我是第一。

庞涓，60分，全班只有一个60分。

其他人都是满分100。

怎么可能？孙膑那家伙整天逃课，怎么可能是满分？

揭我隐私。

你先想想怎么提高自己吧！还管那么多？

晕了！晕了！

喜欢嫉妒的人就是容易得高血压、心脏病……

没事的，用水一泼就好了。

有没有搞错？虐待我？我要退学。

......

你这家伙，竟敢比我先吃完？跟孙膑一样讨厌。

想起他我就不爽，不如……

杀气。

孙膑。

庞涓来信。

这家伙混得不错啊，忍不住嫉妒！

我要化嫉妒为动力，到时候我孙膑一定取代他！

接到邀请,孙膑毕业后来到魏国。

先放下面子,避免他嫉妒过火。

庞哥!你现在威风了,我没什么文化,就先给你擦鞋得了。

这一招也不灵了,惨了!

当晚,孙膑惨遭毒手。

嫉妒使人变态。

幸好齐国的 Boss 听闻过孙膑的大名，派人把他救了回来。

袋子里是什么？

一个猪仔，嘻嘻。

你竟敢救我，魏国一定会派兵来攻打的。

那怎么办？我好怕啊！

齐王

魏国的保安队长，生性好嫉，人缘极差，很容易对付的，别怕。

早说嘛！害得人家担心了半天。

庞涓果然派大兵前来,一场激战开始了。庞涓手下大将赵猛势头非常凶,连杀孙膑三员大将。

我看连我们队长也比不上啊!

赵将军真是帅呆了,连赢三场啊!

哈哈哈,看庞涓的反应,我们的反间计成功了!

深夜,庞涓偷偷潜入赵猛帐内……

赵猛在此

第二天。

又来送死，呵呵。

啊！是谁把我刀换成木头刀了？！

就这样，一代名将不明不白的枉死了。

这小子，敢跟我庞涓比帅，死都不知道怎么死的。

队长,我们未来几天的作战策略呢,大家都想知道。

最近,满脑子都在想怎么整赵猛,把最重要的事情忘了。

不好意思,明天先打打看吧!

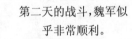

第二天的战斗,魏军似乎非常顺利。

呼

太爽了,追杀别人的感觉真好。

你杀了多少敌人?

一个也没有。

好像大家都没有看到过敌人啊。

惨了 中招了

后记 HOU JI

孙膑手记：

　　大家出来工作，谁不想出人头地？但是还有许多优秀的同事，他们给你压力，让你羡慕，这种情况下庞涓选择了嫉妒，他处心积虑的设法贬低他人。可以说他的精力全用在攻击别人上去了，他又怎么可能做好本职工作呢？

　　在这种情况下，我选择了控制妒忌，我要勇敢的向优秀者挑战，我想证明，我的优秀是一种超然的，绝对的伟大，而不是相对于某某的更胜一筹。

　　当然，别人对你的嫉妒，也是一种毒箭，能避免就千万要躲起来。躲避嫉妒，要善用自我嘲讽，多赞美对方，还要学会宽容大度，不与小肚鸡肠之人针锋相对，万一对手是步步紧逼，胡搅蛮缠，那你干脆就别理他好了，以上是我对庞涓之死的一点小小感悟，希望对大家有所帮助。

不嫉妒，我会更卓越

当好运降临到别人头上，你本该替她高兴……不过你没有。你的好朋友在抽奖中获得两张去夏威夷的往返机票，当然，你假装为她高兴；或者当你看到一个刚刚订婚的朋友手指上戴着3克拉大钻戒时，表现出惊讶和赞叹，实际上，你对他们的幸运妒忌不已。

嫉妒的感觉可以这样逼真地描述：如果一个朋友获得成功，你身上的某一小部分就死去了。这就是声名狼藉的"自恋情结"，听到他们的好消息，你的第一反应是惊讶和愤恨，"为什么不是我！"

嫉妒比普通的红眼病更为复杂，"自恋"是鸡尾酒，它彻底改变了你的大脑状态。这其中的成分包括自我标榜，以自我为中心，自艾自怜，过分焦虑，缺乏安全感，且倍感辛酸。如果当时就照镜子，你会看到你嫉妒时的表情是咬牙切齿，呼吸困难，笑容僵硬。更糟的是，你会因此失去一切好心情，因为"嫉妒"是一种非常痛苦的情绪。如果你还不知道自己的嫉妒心到底有多强，下面的测试会帮你解答。

在别人风光无限的时候，任何一个人都或多或少会有那么一点点的异样的感觉，程度比较轻的我们可以看作是美慕。如果你会产生诸如想方设法破坏别人的幸福之类的想法，那就可以看作是嫉妒的表现了。适当的嫉妒是合情合理的，它还会激发你的上进心，激励你用更加辛勤的付出获得同样的成功。然而，凡事都有一定的限度，一旦你发现那种可怕的感情已经无时无刻不在吞噬你的灵魂，让你不得安宁时，如果再不加以遏制的话就很有可能会在你的心灵深处形成熊熊大火，吞噬你的理智与坚持，这么一来任何严重的后果都有可能发生。

 一、测测你的嫉妒心

测试1：你是个容易嫉妒的人吗?

以下问题每题有三个答案供选择，选A记1分，B记2分，C记3分。

1.我觉得命运对我不公平。

　　A.不符合　B.有点符合　C.很符合

2. 我是个多事好问的人。

　　A. 不符合　B. 有点符合　C. 很符合

3. 我渴望得到大家的注意。

　　A. 不符合　B. 有点符合　C. 很符合

4. 别人的快乐使我更加苦恼。

　　A. 不符合　B. 有点符合　C. 很符合

5. 我不像别人那样有好运气。

　　A. 不符合　B. 有点符合　C. 很符合

6. 我讨厌轻易取得成功的人。

　　A. 不符合　B. 有点符合　C. 很符合

提示: 得分在 12 分以上就要警惕你的嫉妒心了。

测试 2: 你容易被别人嫉妒吗?

以下问题各有三个答案, 选 A 记 1 分, B 记 2 分, C 记 3 分。

1. 我不在乎别人是否顺心。

　　A. 不符合　B. 有点符合　C. 很符合

2. 别人说我喜欢出风头。

　　A. 不符合　B. 有点符合　C. 很符合

3. 我常常忘了关怀身边的弱者。

　　A. 不符合　B. 有点符合　C. 很符合

4. 我不怕做个"出头鸟"。

　　A. 不符合　B. 有点符合　C. 很符合

5. 我经常有点飘飘然的感觉。

　　A. 不符合　B. 有点符合　C. 很符合

6. 我的成功来得很容易。

　　A. 不符合　B. 有点符合　C. 很符合

提示: 得分在 12 分以上就要警惕投向你的嫉妒性的目光。

测试 3: 为什么会嫉妒?

今天是你的生日, 在大蛋糕上插上蜡烛并点燃, 就在你要将蜡烛吹灭之前, 你的恋人开玩笑的问你:"你能一次将全部蜡烛吹灭吗?"你会选择什么样的结果呢?

1.初看好像全部都吹灭,其实还剩下一根没有灭的蜡烛。

2.运气不错,全部熄灭。

3.因为摆架势,所以只吹灭了一半。

答案:

1.选择火焰要熄不熄的人,显示心理有强烈的不安全感,若有人在某方面胜过自己,即使只是些琐事,也会感觉到不安。喜爱拿自己与他人比较,一旦感觉自己不如他人,立刻会嫉妒对方。

2.第二种选择的人,对自己有超人的自信,如果不是第一名就不甘心。这种人对威胁到自己地位的人常会产生强烈的嫉妒心。可以说这是由于领袖意识过强而引起的嫉妒。

3.第三种选择的人,是根本上就很消极。"反正我再怎么努力也不如那个人",这种负面的想法深藏在这类人的心中,因此而引燃嫉妒之火。这种人可能在不知不觉中扯优越之人的后腿,或是中伤,或是让对方变成大家眼中的坏人。这样的人需要较积极的人生态度,将嫉恨之心转变为超越对方的动力。

二、嫉妒的根源

嫉妒源于病态竞争,与个体的性格、文化背景、阅历、世界观等关系密切。

(1)自我封闭、自卑、自我中心等性格缺陷者容易产生嫉妒。

(2)特定的文化背景影响,如儒家的中庸之道,不患寡而患不均。

(3)不能客观地认识自己,总是认为自己应该是万事超人前,其实这是不可能的,也是没必要的。

(4)角色定位错误,不能自得其所,自得其乐。

(5)胸无大志,无所事事,才会去挑别人的刺。

(6)自我实现受阻时,容易产生嫉妒心理。

三、如何摆脱嫉妒

攀比的游戏近乎是一种本能。小时候,老师和家长将"比较"作为一种工具约束我们的行为,激励我们进步。无休止的考试和成绩排名,班干部和"优秀学生"的评选,钢琴比赛、游泳比赛、模型比赛……似乎我们所有的价值就体现在竞争的胜利中。

成人之后,我们习惯于与周围的每个人比较,弄清我们拥有哪些别人没有的东西而沾沾自喜,但也为了提醒自己别人是否拥有我们没有的东西——迷人的气质、苗条的身材、宽敞的房子、更好的伴侣等等。我们对生活抱有太多幻想,这导致了一个错误的印象:当你还在不懈地奋斗时,别人已经过上了衣食富足的好生活。难道这时你还有脚踏实地去奋斗的耐心吗?

如何学会控制"嫉妒"的蔓延呢?这里有些建议供大家参考。

1. 正确认识法

嫉妒心的产生往往是由于误解所引起的,即别人取得了成就,便误以为是对自己的否定,对自己是威胁,损害了自己的"面子"。其实,这只不过是一种主观臆想。一个人的成功不仅要靠自己的努力,更要靠别人的帮助,人们给予他赞美、荣誉,并没有损害自己。

2. 攻击嫉妒法

嫉妒心一经产生,就要立即把它打消掉,以免其作祟。这需要积极进取,使生活充实起来,以期取得成功。培根说过:"每一个埋头沉入自己事业的人,是没有工夫去嫉妒别人的。"

3. "想开些"消除法

"想开些"即乐观些。人生总有不如意之事,所谓"人人都有本难念的经"即是此理。当然,做到"想开些",也不是一件容易的事,但随着时间的流逝,是可以改变个人观点的。时间能帮你平静、客观地面对现实,达到克服嫉妒的目的。

4. 正确比较法

一般而言,嫉妒心理较多地产生于周围熟悉的年龄相仿、生活背景大致相同的人群中。因此,只有采取正确的比较方法,尺有所短,寸有所长,烦恼情绪就会少了。

5. 自我驱除法

嫉妒是一种突出自我的表现。在这种心理支配下,待人处事常常以我为中心,若出现嫉妒苗头时,立刻自我约束,摆正自身位置,努力驱除妒忌心态,可能就会变得"心底无私天地宽"了。

朱元璋扮靓实录

ZHU YUAN ZHANG BAN LIANG SHI LU

——气质是穿出来的

　　走出象牙塔，走向社会，作为新人的你是否意气风发，是否踌躇满志，是否有大展手脚的愿望。我们是现代都市里的精英，是呆板水泥森林中最灵动的风景，要通过走进社会，把自己展示给别人。展示的方面有两个，外在形象和内在素质。其中外在形象也就是梳妆打扮、穿衣戴帽，在社交场合得体的穿着将使你赢得别人的好感，获得大家的尊重。不同的场合有不同的穿衣原则，但是有一点是肯定的，我们要树立和保持完美的形象就必须保持得体的穿着打扮，初入职场更应该如此。如果不知道该怎么做，那就赶快向朱元璋学习学习吧。

朱元璋由一介草民打拼成为大明公司 CEO，在正式上任的前夕……

首先讲一下着装的大原则，就是TPO。

什么东东哦？

听起来蛮深奥的！

T就是Time，P就是Place，O就是Occasion，着装一定要考虑这三个因素。

早说嘛，弄得这么玄。

欺负我们没文化。

两位本来打算怎样装扮自己？可不可以先让我看一下？

好的！

你这样穿也太夸张了点吧?

为什么?

西装一定要配长袖衬衫和领带的,你这样像打工仔。

有没有搞错?电视上都是这样穿的。

少看点黑帮片吧!

一个职业男性最起码要有5套职业装。

你这西装也皱得利害,多少天没洗了?

嘻嘻,这个没问题,我有的是钱。

有钱你为什么穿运动鞋?

现在社会治安不好,我又那么帅,万一出点事也能够跑得比较快一点!

一般正式场合都要穿黑色或者咖啡色的皮鞋,还要比较亮才可以。

不好意思啊!

你这个戒指好像很低俗啊?哪里买的?

这是村口王大爷给我打造的,费了半斤金子呢!

拜托,老大,你是高层领导啊!不是天地会的堂主!

那我也要戴点什么吧!

金笔、手表、打火机是男人永恒的饰品,其他的就免了。

唉!别提了,上次我上衣口袋里别了10支金笔,结果……

怎么了?

人家都以为我是修钢笔的。

笔一定要装在公文包或者内袋里，否则会显得很没水准！

公文包？我有啊！

这样不太好吧？

为什么？这个包我用了五年了，一直设问题啊！

印着广告的东西有失大家风范的。

怪不得人家都冲我笑，原来是这么回事。

人马大脚闪亮登场。
搞定了朱元璋，朱夫

果然是不凡，一出场就倾倒了一片。

人家分明是吓倒的。

怎么样？
无可挑剔吧？

没一个地方
得体！

首先，你知道最适合自己的颜色吗？

……

那你怎么买衣服？

什么性感买什么，老公喜欢，没办法。

那也要考虑一下自己的年龄和职业啊。

那该怎么办？

女人在职场一定要穿职业装，西服套裙或者两件套裙，比较正式。

颜色方面一般取黑色、灰褐色、暗红色。

那样好像太沉闷了哦！

当然也可以穿连衣裙，但千万不要像你这个那么短，另外……

另外什么啊？

像姐姐这样的最好不要穿横纹的衣服，很显身材的。

可是我平时要参加很多 party 的，该怎么装扮？

最好穿旗袍，有东方美。

不过也不是绝对的，嘻嘻。

那我要穿牛仔裤，迷你裙。

哪

怎么这么没悟性，不穿长裙是很不礼貌的。

还有你这样满身饰品，简直像来自原始部落。

没那么惨吧！

总之你身上花花绿绿,简直把自己当成鹦鹉了。

其实手镯戴起来也是很有学问的,已婚一定不要戴右手。

哇,这次我都没戴错。

可不能和手表一起戴的。

&@#$……

&@#$……

……

秘书的辛苦工作还是收到了积极的成效。

金陵市年度最佳服装效果奖颁奖

后记 ※ HOU JI ※

看到这种局面,秘书也十分高兴,除了上面给朱夫妇的建议外,她还提出了一些内容更加丰富的装扮小贴士,希望对大家有所帮助。穿衣装扮的三个协调和两个永恒:

第一个协调是自身的服装要与佩戴的首饰相协调,艳丽的服装与色彩淡雅的首饰相配,深沉单色的服装可配一些色彩明亮、款式细巧的首饰,编织毛衣款式可选佩玛瑙、紫晶项链;真丝衬衫和裙装,一条金项链就 OK 了。

第二个协调是服饰要与自己的形体相貌协调。选择首饰一定要参考年龄、体形、发式、脸型等,否则会不伦不类,纯属多余。

第三个协调是服饰一定要与所处场合相协调。工作时间一般要求衣服大方得体,应以套装为主,社交场合的穿着应根据具体情况而定,否则会贻笑大方。

两个永恒,就是职业装和女士的旗袍,分别用在工作场所和正式的社交场所,是永远眩目夺人的,穿旗袍时应注意佩戴金银、珍珠的精致项链、耳环、胸花。这是最能体现东方女性神韵的宝衣,必定会让你显出万种风情!

气质是穿出来的

 一、男人要潇洒!

随着社会的不断发展,不光女人需要会穿衣打扮,男人更要注意衣着搭配。刚刚走进公司的你更要注意,得体的穿着,才能给人一种自信的感觉,让他人相信你能胜任你的工作。

1. 男人爱美,美之有道

社会发展到如今的这个阶段,男性也逐渐对自己的形象颇为在意起来。穿着打扮对一个人的成功到底有多大的影响力,听听下面这个关于林肯的故事或许你就会明白了。

1860 年的林肯参加总统竞选,为了赢得选民的支持,林肯的照片在社会上被广为流传。有个名叫格雷丝的小姑娘从他父亲的手中拿到了一张林肯的照片,这张照片既无色彩,也没有线条,但衣服上的皱纹及头发却看得清清楚楚,林肯的身材非常瘦弱,特别是脸庞的双颊凹陷很深,这张憔悴的没有精神的脸使这位小姑娘产生了一种很不舒服的感觉。于是,她在 1860 年 10 月 15 日晚上给林肯很认真地写了一封信。信中有这样两句话:"我有四个哥哥,他们有的会投你的票。但如果你听我的话留起连鬓胡子来,我会说服其余的哥哥也来投你的票的。你的脸太瘦了,留连鬓胡子看上去一定会好得多。女人们都爱看男人们留着胡子,你这样做了,她们一定会叫自己的丈夫也来投你的票。这样,你就能当美国总统了。"林肯接到这封信后,不

在日常生活当中,如果你留意的话就会发现有些人很会穿衣打扮,同样的衣服穿在他的身上和穿在别人身上就是两种不同的味道,从他的身上总是散发出一种让人感觉非常舒服的感觉,一种高雅脱俗的气质很清晰地透露出来,这完全是一种美的享受。这就是他会穿,懂得衣服的搭配,善于根据不同的场合、时间等因素选择服饰。

然而很多人对穿着打扮却不是很在意,不在意穿衣打扮的技巧,结果就像朱元璋先生开始时一样,把很多很好的服饰都给浪费了,实在让人觉得非常可惜。那么气质究竟应该怎么穿出来呢,让我们一起来长长见识吧。

仅很认真地给这位小姑娘回了信,而且还真的留起了连鬓胡子,弥补了面颊凹陷的仪表不足。后来林肯在一次群众演说中特别夸赞这位小姑娘说:"她很有见解地告诉我如何让我的仪表改观一下。"当然林肯当选总统并不仅仅是由于留了连鬓胡子,但是仪表的问题对一个人的成功的确影响很大。

在日常生活中,人们对以貌取人这种现象总是抱着一种非常反感的态度。但是现实告诉我们,在实际的交往过程中很多人都会根据第一印象给你一个评价,而这个评价会伴随着以后的交往,轻易不会改变。所以,一个人的仪表、容貌、举止风度对交际的成功有很大的辅助作用,想要成功就务必要注意到这些方面。

2. 衬衫的选择学问

大家都知道,西装的样式比较少,选择的余地也不大,挑来挑去也就是那几种颜色,关键还是料子、品牌的选择。而与西装比较起来,衬衫和领带不仅有较多的选择余地,也更容易展现出个人独特的气质。所以说男人要对衬衫有更多地了解和研究。

说到衬衫,纯白无纹衬衫绝对是人人必备的。因为穿着它完全不用考虑西装和领带,怎么搭配都合适,怎么搭配看起来都很不错,当然它尤其适合深蓝色西装和夹克。如果说你想让别人感觉到你的青春朝气,可降低领口纽扣或在衣领上做一些小的变化就可以了,一个细微的变化就会让你整个人看起来不一样,另外,简单素雅的风格也会让你看起来更加可靠。

当然除了白色以外,浅蓝、浅棕色衬衫同样极受上班族的欢迎。偶尔不妨采用粉色或淡黄色来变换搭配。原则上,衬衫与西装应该属于同一色系,感觉比较柔和;若采取对比色系,则显得抢眼出众。衬衫的选用要与西装的样式、颜色搭配,必须运用得当,以免弄巧成拙。两种穿法可交互配合,这样会给人一种很舒服很新鲜的感觉,而不至于显得很呆板。

带有花纹的衬衫与纯色衬衫的作用差别很大,细条纹多半显得保守正式而易于搭配,格子花纹配上轻便打扮则相得益彰。花纹繁杂的衬衫应选配素色或接近素色的领带,这样看起来会比较和谐比较舒服。

当然一个人的穿衣打扮有时候不是全由自己决定的,如果你所在的公司风格倾向保守,不喜欢员工穿着颜色明亮的衬衫或降低领口纽扣,那你的衣着可就要注意了。刚刚走进公司的你如果不知道该如何穿衣,那就不妨多参考一下周围同事的衣着,这样的话你就会对公司员工的穿着风格有一个基本的掌握,自己穿衣的时候也就心里有底了,但是无论什么样的衣服都需要搭配,这个千万不能忘记。

3. 领带,妙处多多!

走上工作岗位也就意味着要经常穿西服了,那么你就应该对领带有一个基本的了解,大致上每套西装应该各配三条领带。换句话说,以最低限度的四套西装而言,至少应准备十二条领带。但是倒也不必一口气买足这个数目,刚开始时包括手边已有的,只要准备五六条领带就足够了,往后再配合季节或西装搭配的需要,进行不断地添置。千万不要以为领带处于可有可无的地位,那就大错特错了,领带不仅是一个点缀,更多的时候处于主导地位。

一个细节可能不是每个人都能注意到,然而有时候它可能就是致命的错误。你的领带干净吗?这一点被人忽略的程度出乎意料地高,事实上,领带位于最显眼的部位,人们在交往的时候总是会正面接触,领带位于衬衫之上,西服的中间,是很显眼的。如果脏了,一眼便能看出来。所以别忘了定期清洗,时时保持清洁。物件虽小,影响很大。

还要注意的一点是,领带的宽窄、式样与潮流息息相关,别舍不得扔掉旧的或变形的领带,一旦过时或受损就必须"打入冷宫",更换新的领带。"喜新厌旧"不是什么坏习惯,相反的倒可以一直让你保持光鲜照人,在社交场合成为众人瞩目的焦点。

总的来看,西服和衬衫的选择机会较少,领带则具有画龙点睛之妙,那么我们究竟应该如何为自己选择合适的领带呢?

从颜色看,上班时应避免选用颜色太浅的领带。如果西服和衬衫属于浅色,则不易衬托对比效果;假使西服和衬衫的颜色较深,又会显得相当轻浮。使用深色领带有两种搭配方法,一种是从外(西服)向内越来越深;另一种是西服与领带均为深色,中间(衬衫)夹着浅色。大致上,第二种搭配法比较能够给人诚实和信赖感。

领带的使用还有很多的注意事项和知识,那是需要自己在实践中慢慢发现和总结的,多些尝试会让自己在服饰打扮上的造诣更加精深。

4. 男性化妆的技巧

在以前有很多人很难接受男人化妆这个现象,觉得男人涂脂抹粉太女性化,会让人觉得不舒服,男性化妆品,更是非常少。但是近年来,很多的男士们越来越注重自己的仪表,相对地,各种各样的新产品也应运而生,大家似乎也就开始接受了这样的一个观念,男人也要保养,也要化妆。很多专门为男士服务的美容店也如雨后春笋般层出不穷。大家都觉得为了塑造良好形象,男性在外貌上运用一点修饰技巧美化形象,无可厚非,是可以理解的,而且适当的装饰打扮会让男人更具魅力。

男士化妆相对女性而言比较简单,从头开始,注意脸面,也就是说胡子。刮胡子可以说是现代男性的基本礼貌。除非是有特殊情况,否则绝对不要带着一夜未刮的胡须上班,这样给人的感觉就是你精神不好,而且也是对别人的不尊重。当然也有一些艺术家留着很醒目的胡子,这是特殊情况。平时有点时间的话,不妨使用化妆水或润肤乳的习惯,这样的话就可以保持红润健康的肤色。如果因为加班或应酬过多而使气色受损,那么这一项就显得更加重要了。另外男士洗面奶、保湿霜等化妆品也是必备的。良好的状态不仅仅是发自内心的,还要通过外在的形式表现出来。

5. 做干净男人,享受清新生活

看过《红楼梦》的朋友都记得贾宝玉说的那句经典语句:"男人是泥做的骨肉,女人是水做的骨肉……"。足以见得很长时间以来,男人在人们心目中是不懂得打扮,不注意仪表的。但是随着时代的发展,这种观点已经被人们用行动推翻了。大家都知道干净清洁是一切美的基本条件,要让自己出色先要让自己干净。良好的个人卫生习惯是有修养的表现,有助于增强对方的好感和信任。在生活中很多方面是我们很容易疏忽的,看看下面所列的这些毛病在你身上是否还存在,"有则改之,无则加勉"。

(1) 发

我们说观察一个人时总是说"从头到脚打量了一番",可见头是我们给别人的第一个印象,别人看见你的头发就会明白你的生活态度是怎样的。头发表现了一个人的生活状况和情绪。如果你"蓬头垢面",那就是一种很差的生活状态了。要让头发闪闪发亮就要保持头发的清洁,应该养成勤洗头的习惯,一般每周洗两次即可,油性头发宜两三天洗一次。头皮屑过多的人,应随时注意清理掉肩背上散落的头皮屑。并注意休息,多吃水果,即可减少头皮屑。头发不要有异味,特别是夏季出汗较多,要及时清洗。如果别人和你在一起闻到你的头发有异味,就很难继续和你交流下去了。

(2) 脸

有句俚语叫做"人活脸,树活皮"。脸面对于人来说是非常重要的,所以脸一定要洗得非常干净,保养得非常到位。

做事情都讲究技巧,当然洗脸也不例外。洗脸的时候,一定要先用温水清洗脸部,使之湿润。接着用适量的清洁用品,用手由下颌向上揉搓,手指划圈,手经过鼻翼两侧至眼眶反复划圈。然后从上额至颧骨下颌部位反复划圈,从颈部至左、右耳根反复多次。这是借助于光滑的洗面用品以达到对皮肤的按摩。接着用温水洗净脸部的清洁用品。然后用凉水再清洗脸部,冷温交替可以刺激皮肤,这样的好处就是会让你的皮肤变得更加有弹性。

(3) 鼻

脸是最重要的,也就是说脸上的任何部位都是非常重要的,鼻子位居头部的正中,要特别注意清洁。有些男士的鼻毛长得过长,甚至长到鼻孔外面,看上去给人很不舒服的感觉,可用小剪刀剪短一些,但是不要在人前拔鼻毛,这样很不雅观。尤其不可当着人面就用手指头挖鼻孔。这样做很不卫生,会让人觉得非常恶心,没有了一个好的印象也就等于断送了自己的前程。

(4) 口

"祸从口出"不仅仅指要注意说话的内容,还要注意口腔的气味。与人交往肯定是要说话的,假如你一张口就是满嘴蒜味,谁还想和你说第二句啊!

在说话的时候,特别注意不要唾沫四溅,不要在嘴边留下许多白沫,这样给人的感觉非常醒龊。还有些人有口臭的毛病,口腔里发出难闻的气味,会使对方十分不舒服,自己也很难堪。口臭可能是由内脏疾病引起的,也可能是由口腔疾病或不注意口腔卫生引起的,所以说如果你知道自己有这方面疾病的话,就应该及时治疗。假如只是单纯性的口臭而没有其他疾病,就应多注意口腔卫生,坚持早晚认真刷牙,饭后漱口,不暴饮暴食,多吃清淡食物,戒掉烟酒。这样的话效果就会好一点。有口臭时,在社交场合应注意闭嘴呼吸,避免呼出的不良气味影响到他人。与人要保持一定的交流距离,千万不要凑到他人身边去,如必须在人耳边低声交谈,应用手加以掩盖。必要时可以用口香糖来减少口腔异味。

所以说保持口腔清洁是一个人的生活水平和文明水平的表现,是我们大家在人际交往过程中必须注意的,也是社会文明交往必须注意的。

(5) 自信,由牙齿开始!

要是你有一口洁白健康的牙齿,那么你就是非常幸运的,不仅美观大方,也会让你的心情好起来,你的笑容就多起来了,整个生活就会变得很美好。中国的传统礼仪要求人们在笑的时候要"笑不露齿",但是如果你对自己充满自信,不妨在微笑的时候适当露出牙齿,会让别人感觉你很真诚。但前提是要保持牙齿的健康洁白。

对于如何保持牙齿的清洁,相信大家都知道应该是坚持每天早晚刷牙,这是我们从小就应该养成的习惯,刷牙可以减少口腔细菌,清除牙缝里的饭渣,防止牙石沉积。刷牙时不可敷衍,应该顺着牙缝的方向上下刷,牙齿的各部位都应刷到,有些人经常刷牙不到 1 分钟就解决了,其实这样是没有什么效果的,一般要达到 3 分钟,这样才能起到洁齿的作用。当然除了刷牙还有平时要多吃蔬菜、水果和粗糙的谷类,以清洁牙齿。不吸烟,不喝浓茶以防牙齿变黄。要多注意自己的形象,不要当众剔牙缝,若餐后一定要剔牙,应用左手加以掩盖,右手轻轻剔牙,最好不要让人看到龇牙咧嘴的样子。

 ## 二、女人爱漂亮!

爱美之心,人皆有之。但是与男人相比女人更胜一筹!爱美本身没有错,可是有时候人们将美的意义领略错了,从而导致以丑为美的事情频频发生,尤其是职业女性在穿衣打扮上出现的严重失误实在让人感到很失望,如果你还不太确定在工作中该怎么追求美,不妨听一听我们的建议,希望这些建议对广大的女性朋友会有很大的帮助。

1. 深色西服三件套

大家经常会看见那些出入在各种高档写字楼之间的白领丽人们的主要服装就是西服套装,那是主流职业装,简洁、大方、精干是其特点。深色不单是黑色,还有普蓝、深灰、深灰蓝等。深色西服三件套分别为上衣、西装裙、宽松长裤组成。在多数正式场合,它们可相互配套或分开搭配,这样的话就能充分地显示你的成熟、稳重、自信以及你的魅力。

2. 浅色无领三件套

这里说的三件套是由上衣、连衣裙、合体长裤组成的,与深色套装的外形特点拉开距离:上衣,一长一短,颜色一深一浅,领型一有一无;裙款,一为西装裙一为连衣裙;长裤,一宽松一合体,这样的服饰组合能够给你的服装留有较大的搭配选择的空间,从而体现出不同人的不同风格,展示女性的不同魅力。我们所说的浅色无领套装,里边是短袖齐膝合体连衣裙。在秩序井然的办公室里,这套服装能带给别人温柔而甜蜜的心情。它亦可分开穿用,脱去外衣,是典雅的连衣裙,简洁、轻巧、而又清新宜人，是一种比较温情的职业装。

3. 款式多样的衬衣

因为是职场女性，所谓人在职场，身不由己。在严谨、格式化的套装限制下，很难体现女人温婉可人的一面，不过还有衬衣能够很好地展示白领丽人的个性和展示这些坚强女人们的女人味。所以说，衬衣的用处非常大，也深受广大职业女性的青睐。

一般情况下，衬衣应准备5~8件，领型包括无领、高领、翻领、叠领等；颜色应有深色、浅色、灰色、印花等；衣长和袖长宜有长短之分。其中一款衬衣应可配裙成为两件套；并可直接与套装中的上衣搭配。编织物是衬衣中常采用的面料之一，一套合体的编织套裙，一件编织上衣下配半截裙或长裤，都能使身段姣好、腿型优美的白领女性以最合理的方式去展示匀称而流畅的线条。编织物和淡色印花衬衣如同轻丽的内衣一样，最容易在理性的外衣下悄悄地传达出女人对于生活的一点小心思，能够很好地表露出女人那如水一般细腻温柔的感情。

4. 必须懂得组合搭配

着装必须懂得组合搭配，否则，就像前面故事中的朱夫人一样，好的衣服穿不出感觉。有了好的衣服再加上合适搭配，才会更好地展示出职业女性的魅力。套服、套裙也可以像其他服装那样拆开来重新组合，使原有的"棱角"化解，而平添一股舒适、随意的韵味。所以说不要那么死板，没事在家的时候就可以穿着衣服照照镜子，对自己的穿衣打扮进行不断地实习，这样你就会明白什么样的搭配对自己来说是最合适的。比如一套上长下短的黑色西服套裙，你可以将它分开穿，下面可以配一条黑底白花、悬垂感较强的丝绸长裙，那种悠闲自在的风度立刻就凸显了出来；而短裙无论配什么样的上衣，看起来都是非常不错的选择，因为黑色是最理想的配色。还有比方说是蓝底白花的大摆裙和领、扣镶裙料的蓝色上衣的组合套裙，若将该套分开穿，上衣可配白色休闲裙、裤，也能够搭配蓝色休闲裙、裤，两者皆可起到上下"呼应"的作用；而下面的大摆裙则可配蓝、黑、白、黄等单色T恤，下松上紧，上短下长，不仅能够将你的身姿体现得淋漓尽致，而且给人一种非常阳光的感觉。另外穿衣服的场合也要选择正确，在正规场合，白领女士着套服或套裙最为适宜。但如果平时在家里或者和男朋友逛街穿成这样实在是有些大煞风景。

虽然说要将原来的套裙拆开重新搭配起来，会比较好，但是也不是说随便的搭配。如何搭配需要用你的眼光以及一定的色彩标准才能营造出来的，如果你没有一定的把握就不要随便拆开随便搭配,那样反倒弄巧成拙了。套服的重新组合搭配,需要注意的是:第一就是要尽可能地用邻色搭配和同色搭配,这样给人的感觉就是能够营造一种和谐舒适的美感;第二就是要尽可能地采用长短搭配和松紧搭配,这样就能够给人一种不松不紧、不长不短的视觉效果;第三就是上下所穿的面料要一致,这样就能够让人感觉到它们的质地一样,款式相近,很有效果哦!

除此之外,还可以在这些重新组合中加上适当的配饰,能起到"画龙点睛"的作用。比如素色上衣配光泽度较高的金银首饰,休闲上衣配各种天然质材的首饰,白西裤上面配一件夕阳红的丝绒紧身短袖衫,再在脖子上挂一串珍珠项链,秀雅、端庄又不失性感;而白西服则套在一条碎花纯棉连衣裙的外面,再在腕上戴一对木头手镯,这样的白领形象就是"硬中有软",不仅将你的坚强体现出来了,而且让人觉得你不是那种冷酷无情的钢铁女强人,你也有温柔动人的一面,由此将你职场女性的坚强以及居家女人的那种温柔很好地体现出来了。

只要留心,处处皆学问。穿衣打扮的学问与做人处事的学问一样,只有用心领悟才能完全掌握,别人的建议只是一种参考,而最终能否穿着得体,靠的是自己的细心和努力。真正的魅力需要精心地营造,作为职场新人,你更要牢记这一点。

格列佛 新游记

GE LIE FU XIN YOU JI

—— 跨文化,涉外礼仪知多少

进入 21 世纪, 网络使得世界越变越小, "地球村"的概念也被越来越多的人接受, 我们和"村那边"的人的接触也越来越多了。他们可能会是 MSN 上的一个聊友, 也可能是我们业务上的一个客户, 民族文化间的差异导致彼此之间的沟通不畅, 已经成为国际交流当中一个很重要的问题。怎样实现跨文化之间的成功交流, 已经成为世界各国人民共同面对的现实问题! 不懂得不同文化间的禁忌和基本礼仪会在国际交往中十分被动, 以至于产生没必要的尴尬。格列佛的经历似乎可以给我们一些道理……

厌倦了沉闷的家庭生活，格列佛又筹划了一次新的旅游。

亲爱的，不要走。

别这么没出息，OK？我要出国学习，回来进外企。

这么漂亮的MM你都不珍惜，去做什么"海归派"。

拜托！你那也叫漂亮？

格列佛义无反顾地开始了旅程……一年后，他回来了。

你不是进外企了吗？
为什么成了海盗？

不是这样啊！

我是被人打的！

为什么呢？

187

格列佛讲起了他的血泪史,故事从他到达的第一个国家开始,这个国家位于西欧。

仆人桑丘

我们随身带了不少小饰品,不如在这里卖了?

好啊好啊。

快来唠,国外最新时尚饰品,大甩卖唠!

帅哥,买一个,今年很流行的。

你们扰乱社会治安，依法没收货物！

严禁摆摊

为什么呢？

我也不知道，先买束花过去打探一下吧！

警察局

一哟阿？！

黄菊！？鬼来了啊！

什么鬼啊？

昨天是"黑色星期五",你在卖恐怖玩具,今天又拿黄菊咒我死,这样的事只有魔鬼才干得出来!

嘿嘿!鬼来喽!我来装鬼吓吓他们。

鬼来啦!

从此格列佛的一条腿没了!他很快离开了这个伤心地,来到了一个伊斯兰国家。

大黄鳝。

快拿下去，我们穆斯林是不可以吃无鳞鱼的。

真不好意思！唯一的礼物人家不喜欢。

我得送束花给王妃！

来人，把那无礼的家伙手砍了。

不要不好意思嘛！

就这样,格列佛又失去了一只手,他决定到谦恭有礼的日本去,抚慰自己伤痕累累的身心。

还真是温柔啊!

这位残疾哥哥,不介意参加我们的慈善晚会吧?

待会儿我们都要穿上和服,请问先生喜欢哪种颜色呢?

绿色。

绿色在我们日本是不吉利的象征!

好。

先生先在这里熟悉一下。

哎,那边的那个美女身材好好啊!

那个家伙说话这么放肆,以为我们都不懂外语呢?

不用说得那么大声吧!

193

GE LIE FU XIN YOU JI

后记

格列佛涉外礼仪培训班的讲义内容：

涉外礼仪是在尊重国际惯例和各国民族习俗的基础上不断革新，不断完善而形成的。其中的基本原则，应当认真领悟，才不会在大方向上犯错误。这些原则有：1)礼仪应服从大局；2)不卑不亢、平等待客原则；3)注重实效；4)平等互利；5)依法办事。在我们与外国友人相处时，除了应该注意他们的忌讳外，还应该注意到不能乱送菊花给意大利人和南美人。印度教徒是忌牛肉的，在阿拉伯国家，不要随便发誓或提到上帝，不可将鞋底朝向对方。日本也是一个多礼的国家，不过很多习惯还是跟中国很相像的，比如不喜欢白色和"四"字。总之，对细节的熟练掌握，再加上一颗真挚的心，相信你可以做到和外国人的有效交流。

跨文化,涉外礼仪知多少

 一、涉外用餐礼仪

在人类的发展过程中,不同的种族形成了不同的文化和不同的风俗习惯,这些独有的文化现象,是我们在国际交往过程中必须要懂得的基本知识。如果想要走出去,想要多多地了解世界,了解这个世界上和你生活在同一片蓝天下的别人的生活,就必须具备一个起码的礼貌问题,这就要求我们懂得更多的礼仪知识。

涉外礼仪包括日常生活的各个方面,而且每个国家都有着自己独特的风俗,各个国家之间或多或少都有一定的差异,所以学习涉外礼仪必须根据所要交往的对象进行针对性的学习。

在中国境内,涉外礼节一般都是注意西方国家的社交礼节,因此涉外用餐也都以出席西方宴会为主。西方国家的正餐指的都是晚餐,时间比中国的晚饭要稍微晚一些。请客赴宴的请柬上,往往都会注明两个时间:7:30 for 8:00 p.m.,意思就是告诉客人 7:30 到场,8:00 晚宴开始,可在这两个时间之间到场。如果请柬上只写一个时间,那就应该在那个时间准时到场。晚宴开始前通常会备有淡酒,一般是鸡尾酒或雪梨酒。这时,应邀的宾客边饮酒,边走动,边与人交谈,等到主人宣布晚宴开始再进入餐厅就座。

1. 拥有一颗感恩的心!

西方大部分地区信仰基督教,他们认为每天的饭食都是上帝赐予的,在正式晚餐上,而且有时在家庭晚餐上,要做饭前感恩祷告,为所用饭食而感谢上帝。这种祷告可用任何语言进行,一般常用拉丁文。在此场合,如果其他客人起立,则应起立,否则不用起立,仍坐原位。如果你不信仰宗教,你就目光向下,双手合十。感恩祷告时间不长,所以你一定不要在做祷告的时候东张西望,让别人觉得你很不礼貌,不懂得感恩,从而丧失对你的好感。如果你是第一次应邀参加西方人的宴会,一定要记住"客随主便",尊重别人的风俗、信仰会为你的社交带来意想不到的效果。

2. 刀、叉、勺、盘、杯,样样使得顺

大家可能对刀叉勺盘杯不会陌生,因为这些在我们的日常生活中是经常出现的,但是要知道东西方拥有不同的风俗习惯,反映在餐饮文化上就是对这些器皿不同的用法。在西方的正餐上,用餐器皿的数目是很多的,有的我们都叫不上名字来,使用的时候就更迷茫了。

在不同的西方国家,餐具的使用也不相同。在法国,刀常常是在吃完一道菜之后才开始使用的,他们把净刀放在刀架上,如同中国人将筷子放在筷架上一样。在英国和美国,刀不放在刀架上。但在美国有另一个关于用刀的习惯,那就是,在菜盘中切割食物,然后将刀放在菜盘左边,再将叉子转到右手。这种作法现在虽然不经常看见了,但是如果你在一个美国家庭聚餐,或者是你与一个年长的美国人用餐的话,就很有可能看到这种使用刀叉的方式。靠左边的小盘是盛面包的,有时放沙拉和水果的盘子也摆放在那个位置。与某道菜相关的刀具有时放在主菜菜盘的前面,或者放在最后面,放在最中间的匙和叉是供饭后用甜食时使用的,不然就从外边向里边接着用。如果餐桌上有你不喜欢的食物,可以拒绝食用。将盘中的食物全部用光被视为有礼貌;除非你要求再加一些食物,否则没有人会为你添加食物的。所以如果你没有吃饱或者是觉得太好吃了还想再来一点的话,就尽管张口,否则就只有眼馋的份了!

3. 吸烟者谨记

到了国外就要应该入乡随俗!千万不要在正式祝酒之前吸烟,只可在祝酒之后吸烟。永远不要在饭桌上吸烟。咖啡、白兰地和露酒在另一个房间饮用。在少数情况下,女士们先离开餐室并去往另一房间。在此情况下,男士便在餐桌吸烟。这是一个很老的作法,但近年来好像又回来了,古老的习俗还是应该注意的,虽然古老但还是值得学习和了解的。虽然有些礼仪我们无法理解,但是要想取得别人的好感,赢得别人的尊重,就必须把这些复杂的礼节牢记在心。

4. 祝酒,从这里开始!

西方的礼仪是很繁琐的,很多地方你一不小心就有可能会闹出笑话,甚至出现严重的失礼问题。祝酒就是一个特别容易出错的礼节。150 年前在西方国家,用餐当中非正式的祝酒与亚洲国家的祝酒是比较相似的。然而现在这个习俗已不复存在,新的礼仪习惯比较流行。面对你认识的客人举起酒杯,啜饮一小口而不谈话,这种方法还是可以的。男士若对女士做这样举动应当注意,因为这种姿态有特别的含

义。如果该女士对你的这个举动根本没有任何兴趣或者根本就对你视而不见的话，那你就可怜了，你让她生气了。在祝酒前，将红葡萄酒放在桌子上的串酒杯中。与其他酒不同的是，红葡萄酒不是由侍者侍饮，而是由来客传送，其次序总是由右向左，具体方式是将本人的酒杯斟满，然后将串酒杯向左传出。红葡萄酒在向国家祝酒之前绝不能饮用。千万记住不要将杯中的酒一饮而尽，那样做是很不妥的，因为可能有另一次甚至数次祝酒。而且一般情况下在每次祝酒之前会有一次讲话。讲话可能很长，达30分钟，或者很短，仅两个字。有时祝酒应当起立，有时则可保持坐姿。有些盛大的宴会上，将一个"流动杯"依次传递。这是一个古老的饮酒礼节。这种酒杯通常是一个大杯，每位宾客都从杯中饮用。这种礼节已经有1000多年的历史了，如果在这样的场合你的做法得到了肯定，那么就要恭喜你了，你在众人面前为自己赢得了一次露脸的机会。当你的邻座客人接过酒杯时，他转向你，要向你鞠躬，你鞠躬还礼，用右手将杯盖取下，将杯高举，饮酒的人以双手接杯，饮用，然后以系于杯底的餐巾擦拭杯口。此时你将杯盖盖上，然后将杯传到下一位手中，这套礼节便重复一遍。当你已将酒杯传出之后你得保持站立，直到你的邻座已经饮酒，然后坐下。祝酒过程中，如果你有事需要提前离席的话一定要对主人说明情况。千万不要不说话就走人，那样你的形象就会受到很大的影响！

二、外国风俗禁忌

有很多国家的生活习惯与我们很不一样，如果你要去国外出差或者在国内与外国人打交道，应该对目的国或者对方所属国家的风俗习惯有所了解，这样才不会像格列佛那样冒犯别人吃尽苦头。下面我们就来了解一些国家的风俗禁忌。

爱尔兰人忌用红、白、蓝色组（英国国旗色），主要是由于政治、历史原因所致。另外，爱尔兰的法律禁止爱尔兰人离婚。

法国人给人印象是最爱国的。即使英语讲得再好也会要求用法语进行谈判，且毫不让步。法国人对穿戴极为讲究，因此与之会谈时尽可能穿最好的服装。

奥地利人不喜欢在新年期间食用虾类。因为虾会倒着行走，象征不吉利，若吃了虾，新的一年生意就难以进取。所以在新年之时与奥地利人一起就餐可要注意了，触犯了别人的禁忌对生意可是很不利的。

伊朗人不像中国人夸婴儿时总爱说："看这对水灵灵的大眼睛。"在伊朗议论婴儿的眼睛是不被允许的,伊朗人对婴儿眼睛最敏感,来客若出言不慎,双亲会出钱让人挖掉婴儿的"邪眼",这是不是非常可怕。

西班牙的女士上街需要戴耳环,如果没有戴耳环,就会被认为像个正常人没有穿衣服一样,会被人笑话。

在匈牙利不论是住店,还是用餐,千万别弄碎玻璃器皿。如果有人不小心,打碎了器皿,就会被认为是要交逆运的先兆,你就成了不受欢迎的人。大家都不欢迎你,你还跟谁谈生意呀。

如果你去英国旅游,千万不能像在国内一样,问人家"你去哪儿?","吃饭了吗?"这类问题,中国人认为这显得很热情,英国人会认为你很粗鲁,他们讨厌别人过问他们的个人生活。英国人更忌讳别人谈论男人的工资和女人的年龄,就连他家的家具值多少钱也是不该问的,这些都是他个人生活的秘密,绝不允许别人过问。

俄罗斯是中国最大的友好邻邦,在与俄罗斯人交往中,下述忌讳一定要牢记,不可轻易触犯。

(1) 当你第一次与客人见面握手的时候,千万不要形成十字交叉形,也就是说当与客人两手相握时,不能在其上下方再伸手,更不能倚靠在门槛上或者是隔门与人握手。

(2) 俄罗斯有"左主凶,右主吉"的传统说法,因此,无论是握手还是递还物品,任何时候都不要伸你的左手给对方,要不然你一定会受到惩罚的。

(3) 当你遇到长者、妇女或者你的上司的时候千万不要主动伸手,要等待对方先伸出手。要面带微笑,不可面无表情,否则会被认为你这个人很没有礼貌。

(4) 当你称呼女性的时候就要更加注意了,千万不要用"太太"这个词,你的这个言语直接影响到了对方的心情,她将会非常不高兴的。有职衔称职衔,或给对方介绍自己的机会,见机行事。千万不要冒失!

(5) 经常用手指指点别人的人一定要小心。俄罗斯人认为对他人指手画脚是很不礼貌的。在人面前,不能将手握成拳头,大拇指在食指和中指间伸出,俄语中称此手势为"古基什",是蔑视嘲笑的粗鲁行为。而美国人常用的手势——用大拇指和食指接触成"O"形,其他三指伸直(OK),在俄罗斯则是非礼的表示。不同的国家礼仪也是有很大差异的。

(6) 当你和不太熟悉的人交往的时候一定不要随便用你的肩膀去碰别人,可能你会觉得这是很亲热的举动,但是这样的行为一般只发生在挚友之间,否则,身体碰撞是非常没有礼貌的一件事情。

（7）在大家一起交谈的时候不要老挂在嘴边的就是"你应该"这个词，这让人听来很不舒服，有命令的意思。俄罗斯人向来尊重个人意见，而且特别讨厌别人来对自己发号施令。

（8）和英国人一样，和俄罗斯人打招呼千万记住不要问："你去哪儿？"这不是客套的问候，这是在打听别人的隐私。俄罗斯人也不喜欢别人对自己的生活过多干涉。

（9）和我们中国的习俗不一样，男士之间让烟不能给单支，要递上整盒。点烟时忌讳划一根火柴或用打火机给三个人同时点火，不能将别人的烟拿来对吸。那样也会让人产生很不舒服的心理感受。

（10）男女在社交场合，临别时，男人要为女士穿大衣、拉开门，要让女士先行，不能自己开门拂袖而去，完全不理会别人的感受。

（11）俄罗斯送礼也是有很多讲究的，千万不能送两样物品——刀和手绢。在俄罗斯，刀意味着交情断绝或彼此将发生打架、争执；手绢则象征着离别。

（12）在宴席上你千万不要不停地给人家敬酒或者劝酒，更不要蓄意灌酒。俄罗斯人十分贪杯，但酒鬼遭人蔑视，故意引别人喝醉的人就更是让人讨厌和鄙视了。

（13）告别的时候千万不要在桥上或桥下告别，中国古书里经常会有这样经典浪漫的场面，但是在俄罗斯它就有很大的不同了。这样的告别意味着永远地离去，会让人很难过的。

（14）在路上遇到一些小动物不能用脚踢它们。外出遇到拦路狗，要说话将它赶走。俄罗斯的狗听得懂指令，而踢狗会被人看不起的，他们会认为你没有爱心。

中国有句古话叫"百里不同风，十里不同俗"。从上面的介绍中大家知道国家与国家之间的差异实在是太大了，民族与民族之间的风俗有很大的差异。因此在国际交往的过程中，不懂得要多问，多留心生活中的细节，不要不懂装懂。

新新夸父 生存实录

——工作狂健康宝典

　　有人说在这个社会上生存已经越来越难了,房价在飞涨,物价不见落,而腰包里的工资还是那么点儿。都说不要一切向钱看,但是在这个社会上生存没有钱是无法养活自己的,因此当老板拿出高薪的承诺时,每个人都将丧失了理智。高薪是明亮妖艳的烛火,我们犹如不能抵挡诱惑的飞蛾……每个人都在努力地工作,但是你可曾看到高薪背后的火焰,他正在一天天吞噬你的健康。我们辛勤努力为了什么,为的就是能够享受舒适的生活。然而当你忘我工作,几近癫狂,即便某一天成功降临,你已经没有了强健的体魄;即使你挣来一个世界,可能也没有机会来享受它了。下面我们一起来看看夸父与新新夸父们的故事吧……

太阳落下去的时候,小强的生命也就结束了。

小强

大夫

我不要他死!他是我儿子,

夸父!

根据可靠传说,夸父是人类历史上第一个"工作狂"。

夸父

Boss!
什么事?

去把太阳给我追回来,回头我赏你1000两黄金……

1000两?好!好!

夸父开始工作了。

天啊，太热了！

203

多水！喝了这么

湖水都快被喝干了！

继续追赶太阳……

|← 20cm →|

他终于累死在离湖 20 厘米处。

据科学家分析,夸父在亚健康状态下坚持工作,又加上营养不良,心脏负荷太大而导致器官功能衰竭而死。

我要请教我的医生玛丽，要不然我会未老先衰。

去医生玛丽处

不要吃太多糖、盐，喝太多咖啡，那样会导致疲劳和急躁的。

原来是这样啊！

你现在压力太大了，要学着缓解它。

怎么办？

和自己信任的人谈话。

做运动！

甚至……

做瑜伽。

和你这么漂亮的医生一起谈话也是一种好方法啊。

哼！有钱有什么了不起！

顺利缓解了压力，计划顺利执行，夸父与客户的谈判开始了。

喝了它。

大哥，我不行了。

这么没诚意？怎么合作？

好的，我喝。

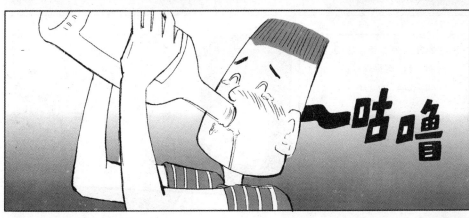

咕噜

喵……

猫嗅到夸父身上的酒味，昏倒在地！

应酬越来越多……

体型越来越胖……

揎哇～

想当年我何等英俊潇洒，玉树临风，可是现在……

你这肥牛，跟你一起出去会很没面子的。

又来到玛丽处

帮帮我,大姐,女朋友要甩我了,她嫌弃我太胖。

事情不止这么简单的。

你吃了太多肉类和高脂肪食物,这些都是血管中的炸弹。

其实你应该多吃不同的食物,使营养均衡。

一定要查看食物中的脂肪和盐的含量,这是导致高血压和高血脂的根源。

食品营养表

还有一定要记得运动！

到空气清新的地方骑自行车。

办公室里要抽空锻炼。

集体锻炼，增强凝聚力和体质。

游泳可以缓解疲劳，塑造体型。

啪

特别提醒，锻炼一定要兼顾安全。

后记 HOU JI

大家现在知道了，新时代的夸父不会那么傻，他懂得保护好自己，才能更多的争取成功，享受生活，其实玛丽医生的健康小秘诀还有很多的，一起听听吧！

生活在这样一个竞争激烈，节奏疯狂的时代里，疲惫和力不从心是每个上班族的感受，面对这种情况，麻木和逃避是不可取的。只有积极主动地去调节适应，才能将疲惫的消极影响降到最低。当心情低落的时候，我们可以试着去想像一下生活的美好一面，或者回想过去的成功，这样可以很好地调节心情。如果压力过分沉重，那就奖励自己一下，抛下所有负担去"放纵"一下，这是最好的办法。

锻炼也是极其重要的，当然，锻炼也是有很多技巧和目标的，随心所欲，绝对没有效果。具体来说，我们锻炼的一般目标是：1)增强心血管功能；2)强健肌肉；3)加速新陈代谢；4)增强力量和精力；5)保持骨骼强健。你的锻炼有这样的效果吗？

工作狂健康宝典

如果你善待身体，身体也就善待你。你无视自己身体的痛痒，身体就会无视你的一切。你可以一无所有，但不能没有健康。我们千万不能因为工作，因为事业，因为任何不是问题的问题毁坏我们的身体。"留得青山在，不怕没柴烧"，身体还很健康，生命还在，那还有什么可以担心的呢。

 一、如何对付办公室"杀手"

走进工作单位，走进属于自己的办公室，你会发现干净舒适的办公室，冬暖夏凉，没有风雨袭击，没有太阳毒晒，还拥有连接整个世界的电脑，可以说是守一屋而知天下，这是多么理想的工作环境，你甚至会认为人生在世如此足以。放松警惕的你是否知道，有很多无形的杀手正在悄悄地向你逼近。

1. 空调——如果你爱我就别伤害我！

夏天酷暑难耐，人们已经离不开空调了。但是，在你尽情享受空调带给你全新冰凉感受的同时，疾病已经悄悄盯上你了。由于空调房是个封闭环境，而办公室里的办公桌、椅子、书柜等大都以人造板为主，如刨花板、三合板等，这些材料里都可能含有甲醛、甲苯等挥发性有害物质；与此同时，很多中央空调还需要靠通风管道来通风，管道里边阴暗潮湿，特别容易滋生细菌，时间长了还会有很多灰尘，这也会造成室内可吸入颗粒物的增多。如果再加上有人吸烟或者有人感冒

在当今社会中打拼，随着竞争压力的增大，繁忙的工作几乎已经把人都压垮了，大家都在为了生存拼命地奔波，有份工作是多么的不容易，为工作可以付出一切，身体健康反倒被人忽略了。人们常说"身体是革命的本钱"，没有一个好的身体做支撑，什么功名都只是痴人说梦。或许你想成就一番伟业，轰轰烈烈过一生，或许你想用平静的心态看待成功失败，平平淡淡过一生。但是无论你想过哪一种生活，一个健康的身体却是必需的。身体是"1"，其他财富是"1"后面的"0"，没有了"1"做支撑后面再多的"0"有什么用呢？

伤风的话,那么空气就更难以入"鼻"了。你想像一下,你生活的办公室可能到处都在漂浮着灰尘,细菌无处不在,有害气体横行霸道,在那样的环境下你的身体会好吗?

要想减少空调的危害,就要做到以下几点:①多开窗,这是最根本的办法,每天上班以后不要先打开空调,而要先开窗透透气;之后也要隔一个小时开一次窗,空气就会产生对流,降低室内细菌含量。②拖地,擦拭桌面、窗台时要用清洁湿布。③对中央空调要经常进行清洗和维护,尤其注意不要让空调积水。④适当在室内放些绿色植物,如吊兰、仙人球等,绿色植物可以有效地吸附室内有害气体。⑤如果生病的话就尽量不要去上班,否则害人又害己。

2. 电脑——这扇窗子伤害了我!

作为上班族,大家每天到办公室的第一件事就是打开电脑看看新闻,了解这个世界最新的方方面面,电脑已经成为现代生活中必不可少的设备。对上班族而言,电脑不仅给办公室工作带来了很多方便,也带来了很多健康问题:鼠标手、干眼症、肌肉劳损、皮肤暗淡……电脑病像电脑一样在全世界范围内普及,并且已经对人们的身心健康产生了严重的危害,但是在现代生活当中,我们又不能完全脱离电脑,那么采取什么样的必要措施来尽量减少电脑的伤害,就成了每一个人都关心的问题。用电脑的时候应注意以下几个方面。

(1) 我的眼睛好干好疼啊!

对着电脑屏幕的时间过长就会产生眼睛疼的症状,很多人喜欢用眼药水缓解症状,但是最好的方法是要勤休息,尤其是眼睛的休息。一般每工作 15 分钟就应休息约 15 秒,望望远方,双手做简单的伸展运动,让眼睛和手部得以休息。如果工作的时间过长可以选择做眼保健操,这样有利于眼睛的健康,缓解眼疲劳。

(2) 哎呀,胳膊又酸又痛!

坐在电脑前办公,身体上的每个部位都被调动了起来,因此有时候工作的时间过长,会出现腰酸背痛等身体不适的症状,因此电脑的摆设和坐姿的调整都需要特别注意:①电脑的显示屏离使用者应该有大约一个手臂的距离,并正面向着使用者。这样使用者无需扭动身体就可以实现正常的使用;同时显示器的顶端,应与我们的视线呈水平线,不要过高,避免长时间仰头对脊柱的压迫。②桌面的高度应在手肘之下。一般桌子的高度是 75 公分,但这对亚洲人来说有点太高了,所以要把椅子调高。③椅脚的高度应调至短于小腿长度 2 厘米,不过如果为了配合桌子的高度与手臂的位置,桌下可放脚踏供搁脚用。④椅子应平稳,可轻易调整并为背下半部提供支撑。若座位太宽,使用者应以椅垫垫后。

(3) 天啊,我的皮肤怎么了?

电脑毕竟是一种高科技电子产品,在工作的时候会产生辐射,长时间的电脑作业让人的皮肤一直在接受辐射,对皮肤的损害是很大的。减少辐射伤害的方法有很多,克制上网时间是最根本的对策,不要连续上网超过 8 小时。这样的话就会稍微减轻电脑对皮肤的损伤。清洁和保湿也是非常重要的。使用完电脑以后一定要及时清洁皮肤,并涂上保湿霜;同时,要准备一瓶保湿喷雾,在使用电脑的时候随时保湿。这样对你的皮肤也是有一定好处的。还要注意的是平时应多吃些新鲜果蔬、肉类、鱼类、奶制品等;上网时多饮水和绿茶,使自己的身体一直处于精神饱满的状态。当然,这些方法起到的效果如何还要看你的方法是否得当。

(4) 防辐射,看过来!

防辐射最重要、最有效的方法就是要尽量远离电脑设备,尤其是那些怀孕的女职员,更要防止辐射对胎儿产生不良的影响。其次是可以把打印机等比较少直接接触的电子设备放到其他的房间里。如果条件不允许这样的话,就要把打印机放在一个通风的、无人的地方。第三是可以养一些绿色植物,这些植物不仅可以吸收大量的电脑辐射,而且还能够净化封闭办公室中的空气。多措并举才能打造一个舒适的办公环境,有利于办公一族的身心健康。

 二、为了健康,小心习惯

健康的取得靠的是良好的习惯。刚刚进入工作岗位的你,更要注意身体健康,防患于未然。头晕、腰疼、血压升高等都是办公室里常出现的身体反应,因此,从以下几方面提高警惕吧。

1. 久坐不动

很多上班族的日常生活是这样的:大清早从一上班开始就坐在办公桌前,抬头看屏幕,低头看键盘,打打文件,接接电话。除非去洗手间或者吃饭,一整天都可能不离开椅子一步,连个懒腰都懒得伸。久而久之,就会导致脊椎侧弯,而且还有可能恶化为骨质增生和腰椎间盘突出,同时还会使肌体调节能力和免疫能力下降。当然,最直接的表现就是腰疼,站起来的时候头晕。坐得太久缺乏运动不生病才怪呢!

我们的药方是——①工作的时候要经常提醒自己隔一段时间就要起来走走，不要老坐着。如果你觉得自己工作太投入了，容易忘记，可以在电脑边设个定时器，隔一段时间就提醒你一次。②可以在坐椅上放个靠垫防止腰痛。要注意的是靠垫一定要放在腰部，放到背部是不正确的；并且靠垫不要太厚，以10厘米厚度的软垫为好。这样的话，当你太累了，向后仰靠的时候，正好将靠垫压缩5-8厘米，医学证明这是最符合腰椎的生理前凸。太厚的话则会造成腰椎的过度前屈。③平时也要多多注意了，要经常做些锻炼腰部的体操。如果有时间就尽量不要坐电梯，经常爬楼梯对你的身体也是大有好处的。

2. 零食，我的最爱！

办公室一族对零食都是情有独钟，尤其是女孩子更是特别喜欢零食了。坐在办公室里，有时候一忙起来就顾不上吃饭了，随口吃点零食既可以打发无聊，又能填饱肚子；同时，还有许多女性为了缓解工作压力，常常在办公桌上准备一些巧克力、饼干之类的甜食。但是很多人不知道或者说是忘记了，进食了大量含糖分太多的食物，体内代谢过程中就会产生大量中间产物，让肌体"酸中毒"，产生的症状轻则情绪异常，乱发无名火、任性而且特别冲动；然后头发开始变黄变白，全身骨头酸痛，龋齿；更厉害的，就是高血压和肥胖症。并且，空腹吃糖对身体损害更大，因为空腹吃糖的嗜好时间越长，对各种蛋白质吸收能力的损伤程度越重。由于蛋白质是生命活动的基础，因而长期的空腹吃糖，更会影响人体各种正常机能。如果不管住自己的嘴巴，贪图一时之快，那么身体受到的伤害是非常大的。

我们的药方是——要健康就必须严加看管自己的嘴巴，少吃或不吃零食，如果实在想吃的话，可以吃点口香糖或水果等比较健康的食品；如果之前已经摄取了过多糖分，那么就要注意增强运动，把过多的糖分消耗掉。另外，也要在心理上克服对零食的依恋。

3. 长时间不上洗手间

压力实在是太大了，工作实在是太忙了，忙得有些人都忘记了吃饭，忘记了睡觉，甚至忘记了上厕所。很多白领工作一忙，常常都来不及上洗手间，从而打破了正常的生理习惯。想想，是不是又有两个小时没有去了。经常憋尿会造成细菌在尿道大量繁殖，造成泌尿系统感染；严重了还会对肾造成伤害。美国的一份研究报告指出，有憋尿习惯的人患膀胱癌的可能性比一般人高5倍。忍一忍就过去了的思想似乎在这里并不管用，满足身体的正常需要比什么都重要，不会有哪个老板对员工上厕所还有限制的。

我们的药方是——身体是革命的本钱,健康是最重要的资本。及时上洗手间,满足生理需要,保持健康活力是工作优异的前提。如果平时感到尿频、尿急的话,很有可能是泌尿系统出现问题了,要及时上医院检查。自己的身体都保护不好的话,怎么让人相信你可以胜任某项工作呢。

4. 有病自己买药

现在或许是大家都太忙了,或许是去医院太麻烦了,总之很多人都养成了一种看似简单的习惯,"有病不求医"。有很多常见病大家都知道用什么药,如感冒、发烧等等还好一些,在确定无大碍的情况下吃一些对症的药就可以了。但是也有很多的病症状很相似,可能症状相同但是病理不一样,比如,发烧可能由感冒引起,也可能由肠炎引起。如果乱用药的话,很可能由于缺乏必要的专业诊断,一些疾病被拖延,错过了最佳治疗时间,使小病积成大病,到那个时候真的是后悔莫及了。

我们的药方是——大家平时应该要对自己的身体负责,要注意细心呵护自己的身体,有时间、有精力的话就要上医院去做做体检,让医生检查下你的身体状况,及时保养才能使自己的身体达到最优,只有最优的身体状态才能以饱满的热情投入工作。

5. 起来晚了,不吃饭了

在充满竞争的环境中工作,工作的压力让人总是觉得睡眠不足,早上总想多睡一会儿,尤其是冬天的时候,更会赖在床上不起,等上班时间快到了,于是就将早饭忽略了。调查显示大约有2/3的白领早上不吃早餐,然而早餐是人体营养的重要来源,不吃早餐容易使胃、肠道等部位产生病变,同时由于从早晨到午餐的时间比较长,空腹容易导致大脑缺氧,长时间不吃早餐会引发头晕、贫血等症状,若是肚子一直"叫唤",抗议你的虐待,怎么还能安心工作呢。

我们的药方是——早起几分钟,吃一顿营养早餐。实在没办法,也要在办公室里准备一些麦片、牛奶等,适当的时候补充营养。不吃早餐绝对是最大的坏习惯,尤其是女人,早晨营养不足会加快你的衰老。

6. 呵呵,跷"二郎腿"也有病

可能你不会相信,跷"二郎腿"同样是一种很不健康的习惯。这种姿势不仅不雅,还会使腿部血流不畅。尤其是腿长的人和孕妇,一定不要采用这种坐姿,容易造成静脉血栓。而对那些静脉瘤、关节炎、神经痛、静脉血栓患者,这个姿势则会使病情更加严重,严重影响身体健康。不要觉得跷"二郎腿"看着很帅,岂不知严重的健康隐患潜藏在其中呀。

我们的药方是——要努力说服自己不要去做这样的动作。为了你的完美形象，为了你的身体健康，一定要保持良好的行为习惯。

7. 伏案午睡

炎炎夏日，吃完午饭，睡意袭来，可是没有地方睡觉怎么办？很多白领就将就着趴在办公桌上"迷糊"一会儿。睡醒以后精神是好多了，可是眼睛却受到了迫害：一般人在伏案午睡后会出现暂时性的视力模糊，原因就是眼球受到压迫，引起角膜变形、弧度改变造成的。倘若每天都压迫眼球，会造成眼压过高，长此下去视力就会受到损害。你是不是也这样休息呢，赶紧起来吧。

我们的药方是——建议大家买个小折叠床，睡得既舒服又健康，还不会占太多的地方；实在不行就仰着头睡觉吧。总之，最好就是不要趴着睡觉，尤其是将眼睛处在自己的压迫之下。

三、一日三餐，吃出健康

白领阶层的生活水平都比较高，工作应酬又比较多，因此在吃上面档次是非常高的。但相应的运动量较少，生活不太规律，导致了超过 10% 的白领患有脂肪肝或者过度肥胖等疾病。事实上，只要平时保证一日三餐的正常饮食，就可以极大地提高健康指数。"早上吃好，中午吃饱，晚上吃少"的饮食规律相信大家都听说过，那究竟该怎么吃呢？

1. 早饭

早餐要注意平衡营养。由于时间等关系很多白领对早饭不够重视，要么省略，要么就是随便吃点面包什么的，只要能够填饱肚子就行了。如果长期不重视早饭，会减低身体的新陈代谢，很容易使人疲倦，时间长了更会造成营养不良、抵抗力下降等后遗症。很多人不吃早饭是为了减肥，但是他们不知道，不吃早饭对减肥一点效果都没有。反而因为早上没有吃饭，中午肠胃更容易吸收，获得热量会更多。所以不仅起不到减肥的作用，相反会增加体重。在此，我们建议早饭最好是一杯牛奶、一个鸡蛋，再加上适量的米饭或者馒头；女士也可以选择豆浆等比较容易吸收的食物，既营养又清淡舒适，对身体是大有好处的。

2. 午饭

午饭吃什么没有特殊的讲究,但很多白领都会认为,早饭没有好好吃了,那么午饭就要好好慰劳一下自己,于是就开始大鱼大肉、精粮细食。这样的食谱如果长期使用就会导致营养失衡,损害健康。

要为自己的身体制作一个科学健康的食谱,首先午餐应该食物多样,以谷类为主。因为各种各样的食物所含的营养成分不尽相同,没有一种食物能供给人体需要的全部营养。而谷类食物是我国传统膳食的主体,是人体能量的主要来源,它提供人体必需的碳水化合物、蛋白质、膳食纤维及 B 族维生素等。对人体健康非常有帮助,同时还要注意粗细搭配,多食有利于肠胃健康的粗粮。

还有就是要多吃蔬菜、水果和薯类,因为蔬菜、水果和薯类都含有较丰富的维生素、矿物质、膳食纤维和其他生物活性物质。这些宝贵的营养元素都是对人的身体健康有着很大的辅助作用。蔬菜中又以绿色蔬菜的营养最高,红、黄、绿等深色蔬菜中维生素含量超过浅色蔬菜和水果,而水果中的糖、有机酸及果胶等又比蔬菜丰富。含有蔬菜、水果和薯类的膳食,对保护心血管健康、增强抗病能力、预防某些癌症等有重要作用。所以有的人不爱吃蔬菜,以为多吃水果就可以代替蔬菜的想法是错误的,而且是不可取的。蔬菜水果,各有益处,是不可以互相替代的。

另外,平时要适当吃些鱼、禽、蛋和瘦肉。鱼、禽、蛋及瘦肉是优质蛋白质、脂溶性维生素和某些矿物质的重要来源,是身体需要的重要元素。当然,有的白领应酬太多,这类东西已经吃得很多了,就可以适量控制。但有的人害怕吃这些东西会增加体重,完全排斥肉类,这也是不对的。可以少吃猪肉,特别是肥肉、荤油,减少膳食脂肪的摄入量,让自己的身体保持在一个最佳、最健康的状态。最后还要注意,不能长期进食油腻、太咸的食物。北方膳食味道偏重,这样对身体特别不好,每人每日食盐用量以不超过 6 克为宜,吃盐过多会增加患高血压病的危险。同样的道理,还应少吃酱油、咸菜、味精等高钠食品及含钠的加工食品等。这些都是对身体有害的,在平时偶尔吃一点调节一下口味就行了,不要过量。

总之,午饭要吃好,注意营养的搭配和种类的选择,这样才可以充分体现食物的作用,得到健康的体魄。

3. 晚饭

根据营养学家的营养要求,晚上应该吃得少而且要清淡一些才有利于身体的新陈代谢,但是由于现代交际应酬多在晚上,很难实现"吃得少"的愿望了。所以营养学家建议在饭桌上饮酒要限量。饮酒前要吃些谷类食品,不要空腹饮酒,否则不仅容易醉,还会对身体造成损害。而且无论何时、何地都要注意自己的饮食习惯,注意保持自己身体的健康,不管工作如何,身体毕竟是一切存在的载体。

当今社会竞争的压力的确非常大,但是无论何时、何地、何种情况之下,我们都不能因为工作而将身体置之度外,我们都要为自己的健康负责,否则即便获得了某些成功,没有身体去享受又能怎么样呢?就像本章开头故事里的夸父一样,老板的确承诺了丰厚的奖赏,但他竟一命呜呼了,即使成功了又有什么意义呢?所以大家平时一定要多注意保养自己的身体,避免各种坏习惯对身体的伤害,工作重要,身体更重要啊!